The Swedish Art
of Aging
Exuberantly

초콜릿을
참기에는

충분히
오래 살았어

글·그림
마르가레타 망누손

옮김
임현경

RHK
알에이치코리아

남편 라스에게

오히려 젊은 사람들에게
더 좋은 삶의 지침서

세상에는 수없이 많은 사람이 있다. 그 얼굴과 모습이 서로 다른 것처럼 서로 다른 생각을 하며 다르게 살아간다. 그러면서도 닮은 구석을 갖는다. 그것은 나이를 먹는다는 것이고, 늙는다는 것이고, 또 언젠가는 죽음의 순간을 맞는다는 것이다.

그렇지만 대부분의 사람들은 영원히 죽지 않을 것처럼 살아가고 있다. 내심 불안하나 걱정을 숨기고 안 그런 척 죽음의 존재를 모른체하고 태연히게 무심하게 실아간다. 그러다가 어느 순간에 뚝, 줄이 끊어지듯 생명이 정지되고 이 세상에서 저세상으로 소속이 바뀌어버린다. 속수무책으로 그렇게 되고 만다.

하지만 더러 지혜로운 사람은 자기의 죽음을 철저히 준비하면서 산다. 이들은 순간순간 버킷리스트를 실현하는 마음으로 살아가는 사람들이다. 그래서 날마다 이 세상 첫날처럼 삶을 맞이하고 마지막 날처럼 삶을 정리하면서 살아간다.

그런 사람들에겐 무방비하고 무심하게 하루하루를 꾸려가는 사람들에 비해 후회가 적게 남을 것이고 또 하루하루 순간순간의 삶이 무의미하지 않을 것이다. 나 또한 그렇게 살고 싶어 나름, 최선을 다해 살아가고자 노력하는 사람 가운데 하나다.

그런데 여기, 스웨덴에 사시는 한 여자분의 삶의 기록은 우리에게 많은 모범과 깨우침을 마련해 준다. 차라리 놀라움의 대상이다. 글쎄 이분은 나보다 11년이나 연상인데 그 생각이나 삶의 태도가 젊다 못해 통통 튀는 공처럼 유연하고 싱싱하다. 유머 감각 또한 대단하다.

실상 우리네 인생은 어둡고 우울하며 긍정적이지 못한 것이 사실이다. 무겁고 따분하다. 하지만 소수의 현명

한 사람들은 그런 부정적인 인생 가운데서도 긍정적인
일면을 찾아내고 명랑함과 유쾌함을 발견해낸다. 마르
가레타 망누손이란 생면부지의 스웨덴 할머니의 문장들
이 바로 그러하다.

이분의 인생철학은 스웨덴 전통 정리법인 데스클리닝
*death cleaning*의 정신과 맞닿아 있다. 문자 그대로 '죽기
전에 해야 할 청소'라는 뜻이라는데, 나에게는 거꾸로
'죽는 순간까지 정신 차려서 살아가기' 정도로 읽힌다.
모르면 몰라도 이러한 문장들은 나이 드신 동년배 어른
들뿐 아니라 젊은 분들에게 더욱 유익한 인생의 지침이
되고 삶의 안내서가 되리라 믿는다. 피차 좋은 일이다.

나태주, 시인

내가 태어나던 해, 스웨덴 여성의 평균 수명은 66세를 살짝 넘었고 스웨덴 남성의 평균 수명은 64세를 약간 밑돌았다. 우리 엄마는 건강 수칙을 잘 따르셨는데도 68세에 돌아가신 반면 아버지는 81세까지 사셨다. 엄마가 살아계셨다면 아버지는 아마 훨씬 오래 사셨을 것이다.

통계적으로 보자면 나는 이미 한참 전에 세상을 떠야 했을 테다. 하지만 집안 내력으로 보자면 고작 여든여섯의 햇병아리에 불과하다. 우리 고조할머니는 백 살까지 사셨다. 과연 내가 14년을 더 살 수 있을까? 가능성은 있지만 그렇게 오래 살 것 같지는 않다. 솔직히 그만큼 살고 싶지 않기도 하고.

　그렇게 오래 사는 사람들은 도대체 뭘 하면서 시간을 보낼까? 나로 말할 것 같으면 몇 년 전까지 스웨덴의 전통에 대한 책을 쓰며 보냈다. 데스테드닝*döstädning*이라는 스웨덴 전통인데 영어로는 데스클리닝*death cleaning*, 문자 그대로 '죽기 전에 해야 할 청소'라는 뜻이다. 데스클리닝은 보통 나이 많은 여성들이 하는 일인데, 사회가 지금껏 나이 많은 여성들의 일상생활에 무관심한 편이었기 때문에 그렇게 실용적이고 유용한 철학이 널리 알려지지 못했다. 어쨌든 나의 전작《내가 내일 죽는다면》은 서른두 개 나라에 번역되어 인생 후반을 살고 있는 많은 이들에게 읽혔다.(물론 남성 독자도 포함!) 뿐만 아니라 이미 데스클리닝을 시작한 진취적인 30대들 역시 그 책으로 큰 도움을 받았으며 덕분에 삶이 정돈되고 차분해졌다는 말을 수없이 전해오곤 했다.

　데스클리닝은 한마디로 세상을 떠날 때 사랑하는 사람들에게 산더미 같은 쓰레기를 남기지 말자는 것이다.

우리가 직접 치울 수 있는 온갖 잡동사니를 사랑하는 가족과 친구들이 바쁜 와중에 시간을 내 치워줬으면 좋겠는가? 기억하라. 사랑하는 이들은 당신이 남길 물건 중 몇 가지는 물려받고 싶겠지만 전부는 당연히 아닐 것이다. 그러니 그들의 선택을 쉽게 만들어 주자는 말이다.

세상에 나온 그 책과 데스클리닝 전통은 씩씩하게 제 갈 길을 찾아간 것 같았다. 덕분에 출간 후 일이 년 동안 나도 몹시 바빠졌는데 내가 80대에 그렇게 바빠질지는 세상에 꿈에도 생각지 못했다. 나는 방송에 출연해 베트남, 아랍 에미리트, 독일 등 각지에서 날아온 데스클리닝 관련 질문에 답했고 출간 일정에 맞춰 런던으로 날아가기도 했다. 그리고 수많은 인터뷰를 통해 내가 실제로 어떻게 데스클리닝을 하고 있는지 직접 보여주기도 했다. 언론 인터뷰의 소용돌이가 끝날 때쯤에는 내 작은 아파트를 수도 없이 데스클리닝 해서 실제로 남은 물건이 거의 없을 정도였다!

머리가 맑아지고 가벼워진 기분이었다. 나를 짓누르던 별의별 물건들을 처분하고 더 이상 데스클리닝 할 게 남아 있지 않자 앞으로 어떻게 살아야 할지 집중해서 생각할 수 있었다.

　내가 증조할머니와 비슷하게 산다면 얼추 십여 년은 더 살 테다. 그래서 나는 수많은 데스클리닝 후에도 여전히 간직하고 있는 것들을 살펴보기 시작했다. 나는 추억은 간직하면서 삶은 더 단순하고 소박하게 꾸리고 있었다. 정신적, 육체적 짐을 덜어내고 나자 내 진짜 삶이 보이기 시작했다. 그리고 남은 생을 더 충만하게 보낼 수 있게 되었다. 나이가 들면서 생기는 문제들은 물론 피해갈 수 없겠지만.

　나는 평생 화가이자 예술가였다. 그러다 갑자기 작가가 되었는데 나는 그 새로운 일이 몹시 마음에 든다.

　이 책은 나이 듦에 대한 새로운 발견의 기록이다. 받아들이기 힘들었던 발견도 있었지만 대부분은 경이로웠다. 그에 대해 생각하고 글을 쓰면서 내 마음은 유쾌하고 즐거운 추억은 물론, 썩 그렇지 못했던 추억까지 골고루 거닐었다. 그 추억들이 독자들도 즐겁게 해주길, 그리고 한 번도 경험해 보지 못했던 시공간으로 독자들을 데려다줄 수 있길 바란다.

이 책의 내용은 코로나 팬데믹으로 집 안에 갇혀 있는 동안, 그러니까 전 세계적으로 많은 이들이 비극적으로 목숨을 잃으며 죽음이 그야말로 지척에 있다고 느낄 때 대부분 쓰인 것이다. 덕분에 책을 쓰는 동안 우리 삶을 가치 있게 만들어 주는 것들에 더욱 집중할 수밖에 없었다.

나는 너무 긴 책은 딱 질색이다. 나이 많은 이들은 400쪽이 넘는 책은 읽고 싶어 하지 않는다. 그만큼 오래 살 수 없을지도 모르는 일 아닌가. 하지만 동시에 나는 길지 않은 이 책이 점점 길어지는 삶을 어떻게 즐기고 무엇을 조심해야 할지 알고 싶어 하는 젊은이들을 위한 책이 되길 바란다. 나이 듦의 과정을 이해하고 대비하는 데, 나이 듦이 우리를 위해 마련해 놓는 그 경이와 슬픔을 이해하는 데 너무 이른 때는 없다.

그리고 이 책에는 내 자신의 삶조차 낯설게 느껴질 때, 역사의 소용돌이와 시간의 흐름을 겪어내며 내가 외로운 선구자 같았거나 세상에서 가장 행복한 여인 같았을 때, 때로 어떤 답도 보이지 않았을 때 내가 듣고 싶었던 조언도 담아보려고 했다.

내 조언이 특별히 스웨덴식이냐고? 일부는 그렇다. 스

웨덴 사람들만 알고 있는 나이 듦의 비밀이 있냐고? 어쩌면 이 책에서 몇 가지는 알려줄 수 있을 것이다. 내가 아는 바에 따르면 스웨덴 국민들은 그 유명한 일본 오키나와 사람들만큼 오래 살지는 못하지만 그렇다고 수명이 심각하게 짧은 것도 아니다. 스웨덴의 평균 수명은 81.9세로 지구상에서 13번째로 장수하는 국가다. 내가 말해줄 스웨덴의 비밀이 젊음을 유지하기 위해 얼음처럼 차가운 북해에 풍덩 뛰어들거나, 스웨덴 노인들처럼 오랜 사우나를 즐기거나, 순록 뿔을 갈아 아침 뮤즐리 *muesli*에 넣어 먹는 것은 아닐까 기대하는 독자들이라면 아마 실망할 것이다. 그런 건 몸이 예전처럼 튼튼하지도 않은 내가 추천할 수 있는 것들이 아니다. 나는 얼음장 같은 북해에서는 살아남지도 못할 것이고 사우나에서는 미끄러져 크게 다치지 않도록 조심 또 조심해야 하니까.

그보다는 꽤 솔직한 편인데다가 현실적이고 감상에도 잘 빠지지 않는 '스웨덴스러운' 국민성과 더 관련 있는 조언일지도 모르겠다. 나이 드는 과정은 쉽지 않지만 각종 드라마와 두려움만 실짝 내려놓는다면 그렇게 어려운 문제는 아닐지도 모른다. 그리고 매일을 새로운 눈으로 바라보며 나이 듦을 예술로 승화시킬 수 있다면 점점 나이 들어가는 삶도 받아들이기 조금은 더 수월해질 것이다.

　마지막으로 본인이 직접 해야 끝나는 완벽한 데스클리닝을 위한 몇 가지 새로운 조언과 데스클리닝에 대해 독자들이 자주 물었던 질문에 대한 답을 부록에 첨부했다.
　꾸준한 데스클리닝은 결국 사랑하는 이들을 위한 것이라고 나는 늘 말하지만 궁극적으로는 더 중요한 두 가지를 위한 것이다. 바로 누구에게나 다가오는 죽음에 대한 두려움을 덜어내고, 데스클리닝을 끝낸 후 자신의 삶과 그 안의 경험을 나이와 상관없이 새로운 눈으로 새롭게 바라보기 위한 것이다. 익숙한 즐거움과 새로운 즐거움이 당신의 매일을 가득 채울 수 있도록 말이다. 결국 죽음의 신(어쩌면 여신!)이 우리 손을 잡을 때까지!

2021년 9월
MM.

차 례

8살부터 알고 지낸 절친한 내 친구 롤라.

나는 스톡홀름에 살고 롤라는 니스에 살지만,

팬데믹 기간에도 우리의 멋진 술자리는 계속되었다.

제2차 세계 대전, 냉전, 쿠바 미사일 위기,

체르노빌 원전 사고에 이어 지금의 기후 위기까지.

80년간 계속해서 변화하는 운명에 대처하고

유머 감각을 잃지 않는 팁을 소개한다.

줄무늬는 남녀노소, 그리고 나에게 모두 잘 어울린다.
유행을 타지도 않아서 장기적으로 보면
경제적이기까지 하다.
스트라이프가 당신을 더 젊어 보이게 하지는 않지만,
적어도 나이 들어 보이게 하지는 않는다.

여든을 넘긴 많은 이들이 '요즘 애들'에 대해 불평한다.
난 그렇지 않다. 그들과 함께 있는 게 좋다.
젊은이들은 새로운 관점을 제시해 나까지 새로운
기분이 들게 한다. 무엇을 하기에 결코 늦은 때란 없음을
상기시켜 준다.(정말 늦어서 죽기 전까지는….)
그때까지 나는 계속해서 탭 댄스를 추고 싶다.

1 친구와 진토닉을

"안녕! 들어왔어? 들어왔냐구우우! 안 들려? … 아, 들어왔네! 잘 지냈어? 반가워, 또 봐서 좋다! … 그럼. 진토닉은 당연히 준비했지. 빨리 마시고 싶어 죽겠어. 자, 내 친구 롤라를 위하여 건배! 음, 맛있어라. 크리스마스를 앞두고 마시기엔 좀 차가운 것 같긴 하다. 다음 주에는 따뜻하게 글루바인*gluhwein*(과일을 넣고 따뜻하게 끓인 와인-옮긴이)을 마실까 봐."

안타깝게도 내 가장 친한 친구 롤라는 스웨덴이 아니라 프랑스에 살고 있다. 얼마나 애석한지. 게다가 팬데믹이 한창일 때는 만나기가 더 힘들었다. 사실상 거의 불가능했지. 그래서 얼마나 보고 싶었는지 모른다.

그래도 페이스타임, 스카이프, 줌, 팀스, 왓츠앱 같은 놀랍고 재밌는 기술들 덕분에 예상치 못했던 가능성이 열렸다. 우리처럼 여든이 넘은 사람들이 기술의 발전을 잘 따라가는 게 그래서 정말 중요하다. 현대인의 삶을 더 즐겁게 만들어 주는 수많은 기회를 우리만 놓칠 수는 없지 않겠는가. 자녀들과 손주들이 우리를 늙은 구닥다리로 여기지 않길 바란다면 더더욱 말이다.

새로운 기술은 우리의 우정도 더 탄탄하게 만들어 준다. 왓츠앱 덕분에 롤라와 나는 언제든 마주 보고 함께 진토닉이나 글뤼바인을 마시며 수다를 떨 수 있다. 수 세기 동안 알프스 사람들을 구원해 온 따뜻하고 달콤한 글뤼바인이 우리도 구원해 줄 것이다.

롤라와는 거의 80년 지기 친구다. 롤라는 여덟 살 때 내가 살고 있던 스웨덴 서부 해안 도시 예테보리로 이사해 내가 다니던 학교의 2학년으로 전학을 왔다.

내 기억 속 롤라는 날씬하고 키가 컸으며 거의 매일 진한 파란색 바탕의 흰 물방울무늬 드레스를 입었다. 나는

실용적인 치마와 스웨터를 입는 편이었는데 그래서 내 옷보다 훨씬 귀엽고 예뻤던 롤라의 드레스를 아직도 기억하는 건지도 모르겠다. 물론 나도 그렇게 입고 싶었다는 말은 아니다. 틀림없이 안 어울렸을 테니까. 하지만 롤라에게는 완벽한 드레스였다. 나는 꼭 롤라와 친구가 되고 싶었다.

우리는 학창 시절 내내 붙어 다녔다. 나중에는 결국 각자 다른 공부를 하게 되었지만. 나는 미술과 디자인에 빠져들었고 롤라는 비서 학교에 진학했다. 롤라는 멋진 세 아이의 엄마고 나는 다섯 아이의 엄마다. 나는 전 세계를 돌아다니며 일할 수 있는 남자를 선택해 결혼했다. 우리 가족은 스웨덴은 물론 미국, 싱가포르, 홍콩에서도 살아 보았다. 그리고 전 세계 어딜 가든 롤라와의 연락은 끊기지 않았다.

롤라는 내 둘째 아들 욘의 대모이기도 한데 다른 네 아이들이 그걸 얼마나 부러워하는지 모른다. 롤라는 나머지 네 아이들의 대모가 된 내 다른 친구들에 비하면 연예인이나 마찬가지다. 언제나 최신 유행하는 옷을 입었고, 전 세계를 돌아다니며 얻은 독특한 억양에 목소리도 시원시원했으며, 춤추기를 좋아했고, 헤어스타일은 환상인 데다가 파티 모자도 찰떡같이 잘 어울렸다.

롤라와 내가 어렸을 때는 도시에 살던 많은 사람들이 여름마다 시골 오두막에 가서 신선한 공기를 폐에 가득 채워오곤 했다. 복잡한 도시를 뒤로하고 멀리 떠나는 건 늘 즐거운 일이었다. 가끔 친구들이 몹시 보고 싶다는 것만 빼면 말이다.

우리 가족의 오두막은 예테보리 시내에서 삼사십 킬로미터 떨어진 곳에 있었다. 우리는 주말이나 휴가 때 그곳에 머무르길 좋아했고 가끔 찾아오는 친척들도 마찬가지였다. 친구들도 종종 초대했고 당연히 롤라도 왔다.

봄에는 주로 꽃을 땄는데 숲바람꽃을 유난히 많이 땄다. 롤라는 꽃다발 만들기 선수였다. 그 비법을 아는 사람은 아무도 없었다. 롤라는 흰색과 노란색의 예쁜 꽃들로 손안에 쏙 들어가는 완벽한 꽃다발을 만들어 나타나곤 했다. 한꺼번에 한 주먹씩 따 모았을까? 아니었다. 롤라는 엄청난 집중력으로 손이 안 보일 정도로 빠르게 한 송이씩 따서 모았다. 그리고 마음이 넓은 손님답게 꽃다발을 우리 엄마에게 주었고 엄마는 화병에 그 꽃다발을 꽂아놓았다. 롤라의 커다란 꽃다발 옆에 작고 귀여운 나의 꽃다발도 함께.

우리는 함께 놀던 그 시절에 대해 아직도 웃으며 이야기한다. 오두막 다락방 구석에는 커다란 트렁크가 처박혀 있었는데 우리 눈에 띈 다음에는 더 이상 다락에 처박혀 있을 일이 없었다. 트렁크 안에는 아주 낡은 옷들이 들어 있었다. 요즘은 아무도 안 입을 것 같은 누더기 파티 드레스, 꽃과 베일로 장식된 모자, 여자들이 어깨에 두르고 다니던 여우 털 목도리가 있었는데 거기에는 심지어 꼬리와 앞발, 납작해진 머리까지 그대로 달려 있었다. 설마 패션을 위해 그런 짓을 하지는 않았겠지. 어쨌든 우리는 당연히 그걸 입고 재미있게 놀았다. 그리고 서로의 모습을 보며 배를 잡고 웃었다. 그런 다음 화려하게 차려입고 쿵쿵거리며 아래층으로 내려와 우리를 예쁘게 봐 줄 만한 이웃과 손님들께 인사를 하러 갔다. 물론 예쁘게 봐 줄 사람은 우리 엄마뿐이었겠지만.

롤라네 가족의 여름 별장은 예테보리 남쪽의 수많은 섬 중 하나에 있었다. 그곳에 가려면 예테보리 부두에서 출발하는 흰색 증기선을 타야 했다. 요즘 그 부두는 새롭게 단장한 화려한 페리 터미널이 되었고 페리도 훨씬 빨라졌다. 옛날처럼 배에서 점심을 먹을 시간도 별로 없을 만큼 말이다.

증기선을 타면 신나는 여행이 시작되는 느낌이다. 배가 항구를 떠나면 오직 서쪽 해안에서만 느낄 수 있는 짜고 멋진 바람이 달려들었다. 시대가 달랐기 때문인지도 모르겠지만 나는 아주 독립적인 어린이였다. 열두 살도 되기 전에 혼자 트램을 타고 페리 터미널로 가서 배를 타기도 했으니까.

롤라와 롤라의 남동생이 작은 섬의 부두에서 나를 기다리고 있었고 우리는 마을을 여기저기 돌아다니며 천천히 롤라의 집으로 갔다. 가는 길에 롤라와 남동생은 댄스 홀, 테니스 코트, 같은 반 친구 에릭이 사는 집도 보여주었다.

바위를 기어올라 에릭의 집을 찾아가 에릭과 에릭의 여동생을 데리고 차가운 북해로 수영을 하러 가거나 작은 보트를 타러 가기도 했다. 가끔은 돌로 조개를 깨 줄에 묶어 미끼를 만든 다음 물속으로 던져 놓고 잎드려 몇 시간씩 기다리기도 했다. 그러면 작은 게들이 몰려와 미끼를 덥석 물었고 그때 재빨리 물 밖으로 게를 낚아챘다.
그런 다음 딜을 뿌려 요리한 게 만찬을 즐겼다.

여름마다 게를 얼마나 많이 잡았는지 모른다. 그래서
그런지 나는 지금도 게를 무척 좋아한다.

롤라네 가족도 우리처럼 세계 곳곳을 돌아다니며 살
았지만 그래도 우리는 늘 연락을 주고받으려 애썼다. 스
웨덴 묄른뤼케, 프랑스 니스, 벨기에 브뤼셀, 미국 미니
애폴리스에서 직접 만나기도 했다. 아, 아랍 에미리트 두
바이에서도 한 번!

그때는 아주 중요한 일이 아니라면 다른 나라에 사는 사람에게 전화를 걸지 않던 시절이었다. 국제 전화 요금이 어마어마하게 비쌌다. 물론 편지를 쓸 수도 있었지만 갓난아기를 키우거나 자꾸 이사를 다니다 보면 차분히 앉아 편지를 쓸 시간도 없었고 생각을 정리할 마음의 평화도 요원한 일이었다. 너무 많은 일들이 한꺼번에 일어나 도대체 무슨 말부터 꺼내야 할지 알 수 없는 경우도 많았고.

그래도 롤라와 나는 연락의 끈을 놓지 않으려고 했다. 함께한 세월이 길어지면 오랫동안 만나지 못해도 지난번에 무슨 얘기까지 했는지 금방 알 수 있다. 서로의 가족과 사정을 알고 어떻게 지내고 있는지도 잘 안다. 그래서 한 번도 끊어지지 않았던 것처럼 자연스럽게 대화가 이어진다. 그렇게 행복했거나 불행했던 일들에 대해, 여행에 대해, 아이들과 학교, 새로 만난 사람들에 대해 시시콜콜 이야기한다.

우리 가족은 전 세계 어디에 살든 일 년에 한 번은 스웨덴에 가려고 했다. 고향 방문은 내게 몹시 중요한 일이었다. 내가 스웨덴 국민이라는 사실이나 내 정체성을 확인하기 위해서가 아니라 가족과 친구들을 만나 지난 한 해 동안의 소식을 나누기 위해서였다.

우리가 다른 나라에 살고 있을 때 친척 어른들이 세상을 떠나기도 했다. 다시 돌아온 고향에 더 이상 그들이 없다는 사실은 언제나 쉽게 받아들이기 힘들었고 슬펐지만 자연의 이치를 받아들이려 노력했다.

여든이 넘은 지금은 알던 사람들이 세상에서 갑자기 사라져 버리는 일이 더 흔해졌다. 하지만 그런 상황을 자연스럽게 받아들이기는 여전히 쉽지 않다. 영원히 사는 사람은 없다는 사실을 머리로는 이해하지만 얼마 전까지 이야기 나누던 친구를 다시는 볼 수 없다는 사실은 늘 충격적이다. 공허한 마음이 끝없이 밀려든다. 언제까지나 그렇겠지.

간직하고 싶은 일들과 사람들을 기억하는 것은 좋다. 그렇지만 가장 가까운 이들은 항상 내 안에, 그리고 내 곁에 있다. 우리가 나눈 말이나 행동을 구태여 생각할 필요가 없다. 어떤 이들은 그저 내 일부가 된다. 그리고 그 사실이 큰 위로가 된다.

어쨌든 지금은 진토닉을 마실 시간이고 나는 일주일 내내 이 순간을 기다려 왔다. 그러니 신나게 놀 테다. 롤라의 목소리와 롤라의 잔에서 얼음이 달그락거리는 소리를 들으면서.

"우리 열두 살 때 말이야…."

"스카우트 할 때 밧줄 매는 법이랑 상처 소독하는 법 배웠잖아."

"그리고 커다란 배낭을 메고 캠핑 가서 텐트를 치고 거대한 캠프파이어도 만들었지. 밤에는 불 주변에 동그랗게 앉아 꼬치에 빵을 끼워 구워 먹었고."

"맛이 있을 때보다 그냥 타버릴 때가 더 많았지만 그래도 아늑했고 또 좋은 친구들도 많이 만났잖니."

우리는 건배하고 술을 한 모금씩 들이키며 웃었다.

"프랑스어 배우러 엑스레뱅Aix-les-Bains으로 갔을 때 기억나?"

"사랑에 안 빠졌던 사람이 없었지."

"남자들만 실컷 만났지! 프랑스어는 하나도 안 늘었고."

우리는 지난번에 하다 만 이야기들을 이어 하고 우리끼리만 아는 추억들을 떠올리며 그 시간을 보낸다. 곧 잔이

비었다.

"잘 지내고."

"곧 또 만나."

가끔 나는 궁금하다. 우리 둘 중 누가 먼저 대답 없는
사람이 될지.

2   세상은 언제나
망하기 일보 직전

어느 날 조간신문에서 기사 하나를 읽었는데 영화에서 기상학자를 연기했던 배우 브래드 피트의 말이 갑자기 눈에 확 들어왔다. 자연과 날씨에 관한 기사였는데 피트는 우리가 미래에 무엇을 기대할 수 있을지에 대한 질문에 다음과 같이 짧게 대답했다.

"우리에겐 미래가 없습니다."

북극은 점점 녹아가는데 그의 대답을 읽은 나는 얼어붙었다. 나이 든 이들에게 그의 말은 여러 가지 의미에서 맞는 말이었다. 여든이 넘으면 어쨌든 기대할 것도 그리

많지 않게 된다. 미래 말고 다른 것에서 행복할 거리를 찾아야 한다. 그리고 자세히 살펴보기 시작하면 주변에는 기대할 것이 넘친다.

예를 들면 나의 요즘처럼 말이다. 나는 오늘 컨디션이 괜찮아서, 날씨가 좋을 것 같아서, 좋은 친구가 함께 산책을 가준다고 해서 그리고 걸으며 온갖 자연의 향연을 누릴 수 있어서 행복하다. 이른 봄이면 실라 시베리카 *Scilla siberica*가 피어나 땅이 온통 푸른 꽃으로 뒤덮이고, 여름이면 뜨거운 열기 속에 초록이 무성해지며, 가을이면 나뭇잎이 노란 옷으로 갈아입고 새빨간 담쟁이덩굴이 내 발코니를 타고 올라온다. 웁스, 내가 지금 미래에 대해 생각하고 있었네! 스스로 정한 규칙을 지키는 건 얼마나 어려운지!

내 나이쯤 되면 눈은 기다리지 않게 된다. 아무리 재미있게 썰매와 스키를 탔다고 해도 말이다. 이 나이에는 넘어졌다가 벌떡 일어나 하하 웃으며 가던 길을 갈 수가 없다. 우리는 넘어져서도 안 되고 넘어질 수도 없다. 내가 어렸을 때 나이 많은 할아버지, 할머니들은 겨울이면 의자에 스키 한 쌍이 달린 것 같은 킥슬레드kick-sled를 끌며 눈길을 돌아다녔다. 한 사람은 의자에 앉고 다른 사람은 의자 뒤의 스키를 타면서 같이 움직이는 것이다. 그런 풍경이 그립다. 손잡이가 있는 킥슬레드가 어쩌면 지금의 나한테도 도움이 되지 않을까 하는 생각이 가끔 들기도 한다.

그래도 그걸 움직이려면 엄청난 에너지가 필요할 텐데 내게 그런 힘이 남아있을지는 의심스럽다. 게다가 나는 스톡홀름 좀 구경하게 킥슬레드를 밀어달라고 부탁하는 엄마는 되고 싶지 않다고 아이들에게 이미 수천 번 말했다. 더구나 요즘은 도시에서 킥슬레드를 보기도 쉽지 않다. 내가 킥슬레드에 앉아 쌩 혹은 숙, 더 정확히 말하자면 숙을 쌕쌕거리며 지나간다면 스톡홀름 사람들은 그런 나를 보고 배꼽이 빠져라 웃을 것이다. 그리고 나는

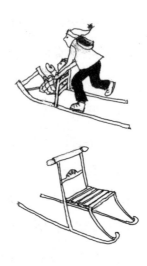

사랑하는 남편 라스가 세상을 떠난 후 시골 생활을 청산하고 도시로 이사 오면서 진작에 킥슬레드를 데스클리닝 해 버렸다.

또 나를 행복하게 하는 건 바로 내 손때 묻은 책들이다. 나는 남편 덕분에 알게 된 작가 서머싯 몸의 작품을 좋아한다. 가브리엘 가르시아 마르케스, 토베 얀손, 데이비드 세다리스, 크리스티나 룬Kristina Lugn, 가즈오 이시구로 같은 작가들도 좋다. 그들의 책은 어느 것도 처분하고 싶지 않다. 한 번도 읽어 보지 않은 새로운 작가들도 많겠지만 나는 옛날 책들을 대여섯 번, 어쩌면 일곱 번까지도 다시 읽는다. 그들은 내 오랜 친구와 같다.

컴퓨터는 엄청난 기쁨의 원천이기도 하지만 작업이 내 뜻대로 되지 않을 때는 짜증의 원천이기도 하다. 물론 약간의 도움은 받을 수 있을 것이다. 손주들이나 이웃, 게다가 나이를 먹고도 기계에 능통한 옛 친구들도 많다! 고지서 납부 말고도 컴퓨터로 정말 많은 일들을 해낼 수 있다. 궁금한 건 무엇이든 찾아볼 수 있다. 요리 레시피는 물론 내가 가장 좋아하는 줄무늬 옷의 역사에 대해서도 찾아볼 수 있다. 생리컵의 원리를 이해하고 싶거나 라디오에서 들었던 새로운 팝송의 배경 이야기가 궁금할 때도 마찬가지다. 솔리테르 카드 게임도 할 수 있다. 나는 컴퓨터로 게임을 하고, 책을 쓰고, 다양한 음악을 듣고, 놓쳤던 텔레비전 프로그램을 시청한다.

다양한 연령대의 친구들과 멋진 식사를 하고 커피를 마시는 건 정말 즐거운 일이다. 하지만 팬데믹에는 안타깝게도 그런 자리를 마련하기 쉽지 않았고 겨울에는 특히 더 그랬다. 낡은 겨울옷을 껴입고 발코니나 공원에서 만나야 했다.

그럴 때 전화가 있어서 얼마나 다행이었는지 모른다!

아이들은 내가 왜 집 전화를 계속 쓰는지 궁금해한다. 나의 비밀을 모르니 당연히 그럴 수 있겠지. 나는 가끔 휴대 전화를 어디다 두었는지 기억나지 않을 때 집 전화로 그걸 찾는다.

집 전화는 통화를 기다려야 할 때 특히 유용하다.

"잠시 후 상담원과 연결해 드리겠습니다. 현재 상담 대기 인원은 357명입니다."

그러면 나는 집 전화기를 두고 휴대 전화로 더 즐거운 다른 일을 한다.

내 나이가 되면 기술의 발전이 초래할 온갖 나쁜 일에 대해서도 생각하게 된다. 산업화는 환경 오염으로 이어졌다. 플라스틱은 수술실에서 몹시 유용하지만 바다에서는 그렇지 않다. 비행기는 여행을 쉽게 만들어 주었지만 그로 인해 치러야 할 비용도 만만치 않다.

우리 세대와 그 전 몇 세대가 지구를 잘 보살피지 못했다는 사실이 나는 몹시 애석하다. 하지만 브래드 피트의 말이 사실이 아니길 바란다. 춥고 어둡고 외로운 겨울밤이면 가끔 그의 걱정스러운 비관론에 동감하기도 하지만 나는 우리에게 미래가 있길 바란다. 그리고 곧 떠올린다. 세상은 지금껏 수십 번 망하기 일보 직전이었다는 사실을. 내가 살아 있을 때만 해도 벌써 몇 번이나 그러지 않았나. 그럼에도 불구하고 세상은 기적처럼 끝나지 않았다. 물론 내 삶은 곧 끝날지도 모르겠지만.

인류는 온갖 팬데믹을 거치며 그럭저럭 살아남았다. 우리 아빠는 의사셨는데 1918년 3월부터 1920년 6월까지 세상을 덮친 스페인 독감에 대해 종종 말씀해 주셨다. 스웨덴에서만 3만 7천 명이 스페인 독감으로 사망했다.

그때 아버지는 서른도 되기 전의 젊은 나이셨다. 근처에 엄마와 십 대 딸이 한꺼번에 독감에 걸린 집이 있었는데 전염성이 어찌나 빨랐던지 두 사람 모두 일주일 안에 사망했다고 한다. 모든 사람이 걱정과 두려움에 사로잡혔다. 일반 병원에 환자들이 넘쳐나 특수 병원이 세워졌고 죽은 이들이 많아 묘지 직원들이 밤낮없이 일해야 했다고 아버지는 말씀하셨다. 그 후로 의료 기술이 발전했지만 한 세기가 지난 후에도 세상은 여전히 팬데믹에 썩 잘 대처하지 못했다. 어쩌면 우리는 미래가 없을까 봐 두렵다기보다 인류가 같은 실수로 역사를 반복하고 있을지도 모른다는 사실이 더 두려운지도 모른다.

살면서 세계 대전, 각종 재난과 정치적 대격동을 겪은 걸 보면 내가 오래도 살았다는 사실이 실감 난다. 생각해 보면 두려움으로 죽지 않은 게 놀라울 지경이다. 어쩌면 내가 상황의 심각성을 제대로 인지하지 못했거나 그게 아니라면 일정 기간 이상으로 두려워할 힘이 인간에게는 애초에 없기 때문인지도 모르겠다. 인류는 어쨌든 가장 참담했던 시절에도 살아남아 그럭저럭 세상을 헤쳐 나가고 있다.

· · · ·

1939년에 제2차 세계 대전이 터졌고 나는 전쟁이 얼마나 끔찍한 일인지 이해하기에는 너무 어렸다. 하지만 부모님이 얼마나 긴장하고 두려워하는지는 느낄 수 있었다. 텔레비전이 아직 발명되기 전이라 부모님은 라디오에 촉각을 곤두세우고 계셨다. 가끔 라디오 신호가 잘 잡히지 않으면 다들 떠들지 말고 조용히 있어야 했다. 지직거리면서 자주 끊기는 와중에 이따금 한 남자가 소리

높여 이야기했다. 히틀러의 연설이었을 것이다. 그 목소리에 우리는 겁을 잔뜩 먹었다.

상황이 더 심각해지자 나와 내 여동생은 몇 달 동안 예테보리를 떠나 있었다. 예테보리는 스웨덴의 대규모 항구 도시 중 하나였기 때문에 주요 폭격 대상이었고 그래서 엄마는 우리 자매를 차에 태워 내륙에 있는 엄마의 가장 친한 친구네 농장으로 보냈다. 아무것도 챙기지 못한 채 엄마와 작별 인사를 해야 하는 건 슬펐지만 시골 피난 생활은 우리가 상상했던 것보다 훨씬 멋졌다.

커다란 농장은 잘 관리되고 있었다. 엄마 친구네 가족은 농장에서 나는 음식을 먹고 살았고 가축이 생산한 것들과 직접 재배한 작물을 내다 팔았는데 그 모든 일에는 노동력이 필요했다.

농장 일은 매일 꼭두새벽에 시작되었지만 나는 열 살도 되기 전이었기 때문에 더 잘 수 있었다. 아침은 오전 열 시까지 식탁에 차려져 있었고 나는 빵과 버터, 마멀레이드와 달걀을 혼자 알아서 챙겨 먹었다. 식탁 위에는 행복해 보이는 닭 모양의 통통한 장갑이 놓어 있었는데 암탉의 풍만한 엉덩이에 손을 집어넣으면 여전히 따뜻한

삶은 달걀이 한 손에 쏙 들어왔다. 꿀맛이었다!

농장에는 가축이 많았다. 소와 송아지, 말, 돼지와 닭, 칠면조도 있었다. 칠면조 먹이 주기가 내 임무였는데 엄청난 신뢰를 받아야만 할 수 있는 일이라고 나는 생각했다. 칠면조는 삶은 달걀 으깬 것과 귀리, 그리고 지금은 기억나지 않는 다른 것들을 먹었다. 저녁 시간이면 칠면조들은 꿀렁꿀렁 소리를 내며 나를 향해 뛰어왔다. 칠면조가 약간 무서웠던 나는 재빨리 먹이와 물을 주고 칠면조 우리의 문을 닫았다. 항상 그러고 나서야 마음이 놓였다.

아줌마는 화이트 아스파라거스도 키웠다. 그 모습을 보다 보면 마치 집에서 지내는 것처럼 마음이 편해졌다. 나는 초여름에 아줌마가 주변의 거친 흙을 퍼 올리며 아

스파라거스를 하나씩 수확하는 모습을 넋을 잃고 바라
보곤 했다.

아줌마는 다정하고 웃겼다. 가끔 저녁을 먹은 후 시골
에 사는 다른 사람들 이야기를 해 주셨는데 지금도 기억
나는 이야기가 하나 있다. 목사님이 마차를 타고 가다가
다른 마차를 만났다. 길이 약간 좁아서 목사님의 마부가
맞은편에서 오는 늙은 마부에게 이렇게 외쳤다.

"비켜, 이 망할 늙은이야. 목사님 지나가는 거 안 보여?"

"보이다마다요." 늙은 마부가 느긋하게 대꾸했다.
"목사님이 지나간다고 길이 더 좁아지는 건 아니잖습니
까요."

아줌마의 이야기에는 다양한 동네 사람들이 등장했는
데 그 동네 사람들이 가끔 옛날이야기에 등장하는 유명

한 '아무개'들보다 훨씬 상식적인 것 같았다.

농장 인부들은 쉬는 시간이면 짐마차용 말을 타봐도 된다고 했다. 말을 자주 타 본 적이 없는데도 말이 내 말을 전부 이해하는 것 같았다. 그리고 내가 가고 싶은 곳으로 가주었다. 다시 농장으로 돌아와 내리고 싶으면 말은 부드럽게 멈춰 섰다.

하지만 멀리 세상의 다른 곳들에서는 여전히 폭탄이 떨어지고 사람들이 가스에 죽어가고 있었다.

그때는 몰랐지만 지금 생각해 보면 그토록 극심한 공포와 순수한 기쁨이 공존했다는 사실이 좀처럼 믿기 힘들다.

그렇다고 우리가 상황에 완전히 무지했던 것은 아니었다. 예테보리로 돌아온 후에는 부모님이 저녁 식사 시간에 나누는 대화를 들으며 어쩔 수 없이 더 많은 걸 알게 되었다. 세상이 곧 망해버릴 것 같은 기운이 몇 달 동안 이어졌다.

다시 평화가 찾아왔다는 사실을 알게 된 5월 7일은 결코 잊지 못할 것이다. 모든 사람이 가슴을 쓸어내리며 안

도하고 기뻐했다. 대문 밖 거리는 사람들로 소란스러웠다. 나도 나가서 함께 하고 싶었는데 놀랍게도 그날은 아무도 나를 막아서지 않았다.

쿵스포트아베뉜 대로는 엄청난 인파가 노래를 부르고 소리를 지르느라 시끄러웠다. 나오지 않은 사람들은 창밖으로 깃발과 스카프와 손수건을 흔들었다. 하늘에 종이 조각을 날린다며 창밖으로 쓰레기통을 비우는 사람도 있었다. 거리에 사람이 너무 많아 집에 가고 싶어도 가기 힘들었을 것이다. 나는 어쩔 수 없이 사람들 무리에 휩쓸려 다녔다. 모든 사람이 도시의 심장부 예타 광장으로 모여 연설을 듣거나 노래를 불렀다.

광장 중앙의 포세이돈 동상 앞에 그렇게 많은 사람이 모인 건 본 적이 없었다. 가끔 저녁에 친구들과 자전거를 탈 때는 텅 비어 있던 그곳이 그날 저녁에는 닭들이 꽉 찬 닭장 같았다. 나는 어떻게 될지 궁금해 두 발을 땅에서 들어 보았다. 역시 넘어지지 않다! 꼼짝없이 끼어 있느라 약간 불편하긴 했지만 사람들은 금방 흩어졌다. 나는 집으로 날려와 내가 보고 들은 걸 전부 이야기했다.

평화가 오자 학교에서도 마음껏 떠들 수 있게 되었다.

선생님들도 모든 아이의 의견을 한 명씩 다 들어줄 정도로 관대해졌다.

나는 종교 학교가 아닌 일반 학교에 다니고 있었다. 다른 학교들과 달리 누구나 환영받았고, 기독교가 아니라는 이유로 기독교학 시간에 복도 벤치에 앉아 기다려야 하는 학생도 없었다. 우리는 기독교학 대신 개설된 종교학 시간에 예수와 성령에 대해서만큼 비슈누와 붓다에 대해서도 많이 배웠다.

동네 친구들이 다니던 다른 학교에서는 매일 아침 예배에서 시편을 통째로 외웠는지 검사한다고 했다.

하지만 우리 학교는 달랐다. 토요일마다 모임이 있긴 했는데 선생님이나 초대 손님이 자기 삶에 대해서나 경험했던 재밌는 일들에 대해 이야기해 주었다. 가끔 피아노를 연주하거나 슬라이드를 보여주는 사람도 있었다. 나는 여전히 시편은 한 구절도 암송하지 못한다.

우리 학교의 종교적 관용 때문에 신념이 달랐던 많은 학부모가 우리 학교를 선택했다. 내가 함께 놀던 친한 친구 무리에는 유대인도 있었다. 하지만 전쟁 중에 그리고 전쟁이 끝나고 몇 년 후까지 우리 집 우편함에는 그런 아이들과 놀지 말고 친구를 더 신중하게 사귀라는 경고장이 들어 있기도 했다. 나는 몹시 속상하고 화가 나고 슬펐지만 그런 반유대주의적 메시지 따위 무시하고 내가 고른 친구들과 계속 같이 놀았다.

. . . .

우리 가족은 1970년대에 미국 메릴랜드주에서, 1980년대에는 싱가포르에서 살았다. 싱가포르에는 공립 학교 말고도 프랑스 학교, 영국 학교, 미국 학교가 있었다. 우리 아이들은 미국에 살 때 미국 학교에 다녔기 때문에 미국에서 만 오천 킬로미터 떨어진 싱가포르에서도 미국 학교로 전학 가는 것이 가장 합리적인 선택이었다.

우리는 곧 새로운 학교에서의 생활에 빠져들었다. 아이들은 싱크로나이즈드 스위밍, 미식축구, 치어리딩 같은 미국의 각종 방과 후 활동과 취미 활동에 참여했다.

토요일이면 남편과 나는 아들들의 공놀이나 딸들의 치어리딩을 보며 거의 온종일 스탠드에서 시내기도 했다. 아주 덥고 습했고 해설 부스의 남자들은 더위를 식히

기 위해 맥주를 마셨다. 거의 하루 종일. 그래서 마지막 게임이 시작하는 저녁 아홉 시쯤에는 꽤 술에 취한 상태였다. 선수 이름을 잘못 발음했고 관중석의 아는 사람들에 대해 떠들기도 했다.

"이봐요, 여러분. 저기 테리 반스가 있네요. 끔찍한 치질 수술을 마치고 갓 퇴원했다죠. 박수나 한번 쳐 줍시다!"

가끔 친구들의 보트 여행에 초대받기도 했다. 해안가에서 자란 내게 바다로 나가는 건 언제나 즐거운 일이었다. 보트 주인들이 게와 생선 머리를 넣은 맛있고 짭짤한 커리 스튜를 준비하는 동안 손님들은 바다로 뛰어들어 수영을 했다. 커리는 쌀밥 한 덩이와 함께 바나나 잎 위에 담겨 나왔다.

어느 주말, 또 다른 친구의 가족이 보트 여행에 일손이 필요하다고 했다. 자바섬에 있는 인도네시아의 수도 자카르타에서 싱가포르까지 보트 여행을 할 예정인데, 우리 가족도 배를 즐겨 탄다는 사실을 알고 도움을 청한 것이다. 그때 열일곱 살이던 막내아들 토마스가 몹시 흥미를 보였다. 인도네시아 동쪽 끝 군도를 헤치고 상어와 거대 해파리, 산호를 넘나들며 남중국해를 탐험하는 것은

신나는 일 같았다. 여행은 3일 정도 걸릴 예정이었다.

하지만 토마스는 우리가 상상했던 것보다 훨씬 더 굉장한 모험을 하게 되었다.

선장은 자바섬에서 싱가포르까지 수차례 항해해 봐서 항로를 꿰고 있다며 필요한 해도海圖를 꼼꼼히 챙기지 않았다. 그런데 자카르타를 떠난 지 두 시간 만에 엔진의 배터리가 다 닳았다. 동요하지 않고 그 상태로 몇 시간 항해를 계속했는데 갑자기 삭구索具의 중요한 부분인 러닝 백스테이*running backstay*가 고장 났다.

선장은 근처에 있는 다른 배들과 연락을 취해보려 했으나 소용없었다. 게다가 해도를 챙기지 않은 덕분에 몹시 좁은 환초 지역으로 떠내려와 보트를 다시 돌릴 수 없다는 사실도 너무 늦게 깨달았다.

결국 기다란 밧줄에 묶인 닻을 구명구 위에 올리고 토마스가 밧줄이 닿는 만큼 멀리 헤엄쳐 가 닻을 내렸다. 닻이 해저에 닿으면 보트 위에 있는 사람들이 윈치를 사용해 선미부터 닻에 최대한 가까이 보트를 붙였다. 거기서 닻을 구명구 위로 올리고 토마스가 또 헤엄쳐 갔다. 그렇게 보트는 환초 구역에서 조금씩 뒷걸음질 쳐 나왔다. 마침내 뱃머리를 자유롭게 돌릴 수 있을 때까지 그 과정을 수없이 반복하면서 말이다.

3일이 지났고 아무 소식도 듣지 못한 우리의 걱정은 점점 커져 가고 있었다. 그때 몹시 독실했던 열 살 딸아이가 온 교회에 오빠를 위한 기도를 부탁했다. 딸은 슬픔과 불안에 빠져 있었다. 나 역시 뱃속에 뭐가 들어앉은 듯 불안한 마음이 가시지 않았다. 아들 걱정에 밤에 잠도 잘 수 없었다. 해상 전용 무전기로도 연락이 닿지 않았다. 세상이 곧 끝나버릴 것 같은 기분이었다.

남중국해에서 해적의 습격을 받는 일이 아예 없지는 않았기 때문에 해안 경비대도 긴장을 했다. 경비대는 싱가포르 인근 해역만 순찰했는데 보트는 싱가포르 해역 바깥 어딘가에 있을 가능성이 높았다. 도대체 무슨 일이 벌어졌을지 나는 상상도 하기 싫었다.

아무 소식도 듣지 못한 채 또 하루가 지났고 절망과 걱정으로 미치기 직전이었던 남편 라스는 경비행기 한 대를 빌렸다. 그리고 조종사와 함께 잃어버린 아들을 찾아 바다 위로 날아갔다. 바다는 푸른빛과 초록빛으로 아름답게 반짝였겠지만 아무도 그 아름다움은 감상하지 못했을 것이다. 라스는 오직 아들을 되찾고만 싶을 뿐이었다.

마침내 보트 한 척이 눈에 띄었다. 보트는 아주 천천히 싱가포르 방향으로 전진하고 있었지만 바람이 불지 않아 돛이 펄럭이고 있었다. 가슴을 쓸어내린 라스는 집으로 돌아와 해안 경비대에 보트의 대략적인 위치를 알렸다. 보트는 무사히 싱가포르 해역으로 진입했고 경비대가 그들을 찾아 데려왔다.

다음 날, 잃어버린 줄 알았던 가족들의 싱가포르 도착을 환영했다. 3일로 예정되었던 여행은 7일이 걸렸다. 토마스의 상태는 나쁘지 않았다. 아마 평생 기억할 모험이 되었을 것이다. 역시 세상은 끝나지 않았다. 나의 세상도 그리고 토마스의 세상도.

라스는 잘 변하지 않는 편이었지만 어쩌면 토마스의 그 트라우마로부터 적어도 무언가는 배웠어야 했다. 라스는 바다와 바다의 모든 생명, 온갖 종류의 배를 사랑했고 그래서 배를 탈 수만 있다면 그 어떤 기회도 마다하지 않았다.

그 소동이 있은 지 일이 년 후, 우리는 크리스마스를 맞아 가족들과 함께 말레이시아 서쪽의 말라카해협을 세일링 했다. 거기서 우리가 알게 된 한 부부는 큰 쌍동선으로 남중국해에서 세일링 사업을 하는 사람들이었다. 그 사람들의 얘기를 듣다 보니 스웨덴 서쪽 해변 보후슬렌에서 가족들과 즐겼던 멋진 크루즈가 그리워져서 그해 12월, 엄청난 돈을 들여 복잡하게 스웨덴에 다녀오는 대신 쌍동선을 빌리기로 했다. 게다가 싱가포르의 크리스마스는 세일링을 하기에 날씨도 따뜻할 테니까.

어쩌면 조금 더 신중하게 생각하고 결정해야 했는지도 모르겠지만 말이다.

우리는 배에서 크리스마스를 보낼 생각에 몹시 들떠 있었다. 운이 좋아 태양도 빛나고 바람도 알맞게 불었다. 그리고 크리스마스이브 하루 전날, 우리는 남중국해에 퍼져 있는 수많은 무인도 중 하나에 배를 댔다. 딱딱한 배에만 있다가 부드럽고 흰 모래를 맨발로 걸으니 포근하고 좋았다.

우리는 단단한 나뭇가지를 찾아 크리스마스트리를 만들기로 했다. 나무를 배로 가져와 조개와 산호로 장식했다. 그리고 다시 세일링을 시작했는데 우리 쪽으로 배가 한 척 다가왔다. 멀리서 보니 집에서 대충 만든 낡은 배 같았다. 엔진 근처에서 연기가 뿜어져 나오고 있었다. 배는 한동안 거리를 두고 우리를 따라오다가 점점 가까이 따라붙기 시작했다. 무서웠다.

선장도 슬슬 걱정이 되는 것 같았다. 말라카해협에서 절대 만나서는 안 되는 해적들 같다고 했다. 남중국해의 해적들은 배를 붙여 건너와 목을 따고 값나가는 물건은 무엇이든 강탈해 가는 지난 시대의 해적들과 비슷하다고도 했다.

불안했던 선장은 멀리서 보면 총으로 오해할만한 기

다란 물건을 하나 가져왔다. 그리고 다가오는 배를 향해 그 물건을 겨눴다. 배가 점점 가까워지던 그 몇 분이 영원처럼 느껴졌다. 결국 배는 갑자기 방향을 바꿔 저 먼바다로 사라졌다. 꼬리로 연기를 잔뜩 내뿜으면서. 그날 역시 세상은 끝나지 않았다.

돌이켜 보면 우리 아이들은 나를 별로 걱정시키지 않으며 컸다. 이럴 줄 알았으면 더 많이 낳을 걸 그랬나. 우리가 세상 어디에 살든 사람들은 외국인이던 우리에게 친절했고 도움을 베풀었다. 아이들은 현명한 편이었고 십 대에도 나쁜 길에 빠지지 않고 그럭저럭 잘 지냈다.

싱가포르는 위험하다고 생각할 수도 있겠지만 우리 아이들은 한 번도 위험한 상황에 처한 적이 없었다. 놀고 싶은 만큼 놀다 들어오라고 해도 언제나 너무 늦지 않게 집에 왔다. 오히려 미국 친구들이 부모의 감시와 엄격한 규칙, 통금으로 힘들어했고 이를 어길 때 혹독한 벌을 받았다. 깐깐한 통제 속에서 자란 아이들이 나중에 더 많은 문제를 일으키는 것도 어쩌면 당연한 일 아닐까.

그렇게 무수한 걱정을 하며 살았는데도 세상은 아직 끝나지 않았다. 아이들도 여전히 곁에 있고.

나는 전쟁이 끝나던 날 느꼈던 그 환희를 종종 떠올린다. 하지만 그 기쁨도 오래가지 않았다. 동양과 서양의 갈등이 커져가고 불편한 관계가 수십 년째 이어지고 있다.

끊임없이 우리를 위협하는 핵전쟁에 대해서도 종종 아이들과 이야기한다. 그밖에 더 큰 재앙과 재난도 계속 벌어질 것이다. 수백 킬로미터 남짓 떨어져 있는 체르노빌의 방사능이 스웨덴 해안에 닿고 있다. 에이즈가 있고 모든 것에 발암 물질이 들어 있다. 세상은 언제나 망하기 일보 직전이지만 늘 어떻게든 계속된다.

우리는 지속 가능한 미래를 염원해야 하지만 염원만으로는 충분하지 않다. 우리가 그때까지 살지 못한다고 현재를 사는 것에만 사로잡혀 있지 말고 더 나은 미래를 위한 준비에 손을 보태야 한다. 철학자 칸트는 모든 행동과 선택에 앞서 다음과 같이 자문하길 권했다. "모든 사람이 전부 이 행동을 한다면 어떻게 될까?" 훌륭한 질문이다. 무엇이 옳고 그른지 판별하는 데 큰 도움이 될 것이다. 모든 사람이 그렇게 행동하면 어떻게 될까? 내 나이에도 시작하기에 늦지 않았나.

그러면 세상은 결코 망하지 않을 것이다.

3   빈손으로
     움직이지 말 것!

내가 아는 아주 현명한 사람이 한 명 있는데, 아니 얼마 전에 돌아가셨으니 있었다고 해야 하나. 아무튼 그이는 타고나길 깔끔한 분이셨다. 그녀의 이름은 비르짓타. 1970년대 말 내가 첫 전시회를 열었던 예테보리의 한 아트 갤러리의 주인이었다.

비르짓타의 갤러리는 길에서 짧은 계단을 다섯 칸 정도 내려가면 바로 나오는 건물 1층이었다. 많은 사람들이 그 갤러리의 작품을 보기 위해 드나들었다. 갤러리는 예테보리 아트 갤러리들이 모여 있는 중심가에 있었다.

갤러리는 보행자들을 위한 인도에 면하고 있었고 그래서 지나가던 사람들이 잠시 멈춰 작품을 보다 가기도 했다. 그중에 뾰족구두를 신고 종종 지나가던 금발 머리 여인이 한 명 있었는데 가끔 낮에는 갈색 머리로 슬리퍼를 신고 지나가기도 했다. 무슨 상관인가. 예술은 겉모습과 상관없이 누구나 사랑할 수 있으니까. 예술을 사랑하는 이들은 모두 한 가족이나 마찬가지다. 그녀는 작품을 가리키며 이렇게 말하기도 했다.

"이거 마음에 드네요."

가끔 그게 내 작품일 때도 있었다. 그럴 때면 얼마나 뿌듯하던지. 그녀는 내가 가장 좋아하는 고객이었다.

비르깃타의 갤러리 입구 왼쪽에는 마치 구운 머랭 같은 커다란 연갈색 대리석 테이블이 있었는데 예테보리 문화계 유명 인사들(많진 않았다. 예테보리는 그렇게 큰 도시가 아니니까)이 밤낮을 가리지 않고 그 주변에 모여 커피나 셰리를 마시며 예술과 정치에 대해 토론하기도 했다. 나는 다섯 아이들에게 붙잡혀 저녁 시간에는 함께할 수 없었지만, 그렇게 모여 있다가 잠시 화장실에 가거나 간식이나 음료를 가지러 일어서는 누구에게나 비르깃타가 부드럽게 건네는 말이 무엇인지는 알았다.

"빈손으로 가지 마세요 *Gå inte tomhänt!*"

벽에 걸린 작품을 떼어 가져가라는 말은 아니었다. 그보다는 낮이 저물고 밤도 되어가니 다들 테이블 정리에 조금씩 손을 보태라는 뜻이었다. 어쨌든 어디로든 움직일 거라면 무엇이든 들고 갈 수 있지 않은가. 비르짓타의 부탁은 간결하면서도 다정하고 논리적이었다. 그녀는 자기 인턴들과 예술가들은 물론 볼보 *Volvo*의 최고경영자나 예테보리 예술 박물관 관장에게까지 가리지 않고 그 말을 했다. 누구나 그 부탁을 받았고 아무도 거절하지 않았다. 모두 조금씩 손을 보탰다.

비르짓타의 다정한 한마디가 얼마나 효과가 좋은지 본 나는 집에서도 아이들에게 이를 적용하기 시작했다. 곧 그 규칙은 우리의 일상이 되었고 이는 당연히 저녁을 먹고 식탁을 치울 때에만 적용되지는 않았다.

빈손으로 떠나지 않기 규칙은 어떤 상황에도 적용될 수 있다고 나는 생각한다. 침실 바닥에 빨랫감이 떨어져 있는데 빈손으로 세탁 바구니를 지나는 건 현명하지 못한 일이다. 빨랫감은 계속 불어날 것이다. 그러니 빈손으로 움직이지 말라.

외출할 때는 쓰레기를 가지고 나가라. 빈손으로 움직이지 말라. 집에 돌아올 때는 그냥 지나치지 말고 우편물을 꺼내라! 빈손으로 움직이지 말라.

또 다른 친구 마리아에게는 집 안 물건들에 짓눌리지 않을 수 있는 특별한 규칙이 있었다. 바로 집에 새 물건이 하나 들어오면 헌 물건 하나를 내보내는 것이다. 나눔이든 기부든 판매든 재활용이든. 타협은 없다. 처음 시작은 단순히 책뿐이었다. 책 한 권을 사면 한 권을 처분했다. 그런데 효과가 좋은 것 같아서 옷과 신발, 화장품, 보디로션, 스카프, 샴푸, 아스피린에도 이를 적용했다. 심지어 음식에도!

그래서 요즘 마리아의 부엌은 옷장이나 책장, 화장실

만큼 잘 정돈되어 있다. 어디에도 분류하고 정리해야 할 물건들이 쌓여 있지 않았다. 자리만 차지하며 먼지를 뒤집어쓰고 있는 물건은 없었다. 가끔은 새 물건을 들이지 않고 있던 걸 처분하기도 했다. 우리 모두 본받아야 할 점이다.

생각해 보면 볼수록 비르짓타의 한마디는 삶 전반에 적용될 수 있다. 그러니까, 앞에서도 말했듯이 지구를 떠날 때 다른 사람이 대신 치워야 할 쓰레기 더미를 그냥 두고 가지 말자.

그뿐 아니라 아직 이 지구에 살고 있는 동안 지구를 청소하는 것도 좀 필요하지 않을까 싶다. 당연히 쉽지 않은 일이다. 포드*Ford*가 자동차를 발명한 이후 생긴 모든 쓰레기를 우리가 책임져야 한다는 뜻은 물론 아니다. 하지만 내가 살고 있는 이 세상을 한 번 둘러보라. 무엇이든 해야 하지 않겠는가?

나의 전작 《내가 내일 죽는다면》의 출간 직후 우리 집 아이들 중 한 명이 아프로즈 샤*Afroz Shah*라는 변호사이자 활동가에 관한 기사를 내게 보내주었는데, 그는 주말마다 뭄바이의 더러운 해변에서 쓰레기를 줍는다고 했다. 그리고 많은 이들이 그의 헌신을 본받아 지금은 매주 수천 명의 자원봉사자, 심지어 유명인들과 정치인들까지 해변을 청소하러 온다고 한다. 그들이 모은 쓰레기가 수천 톤이다. 샤는 〈더 위크〉와의 인터뷰에서 이렇게 말했다. "특별한 이벤트로 생각하지 마세요. 매일 집을 청소하는 것이 이벤트가 될 수 있습니까? 좋든 싫든 매일 해야 하는 일입니다. 환경을 보호하고 깨끗이 하는 것도 이와 같아야 합니다."

그 기사를 보내준 아이와 나는 웃으며 샤가 '지구 데스클리너'라고 이야기했다. 그는 그야말로 지구를 데스클리닝 하고 있었다. 나 역시 정말로 모든 사람이 지구를 데스클리닝 해야 한다고 생각한다. 병역 의무처럼 일주일에 몇 시간의 지구 청소를 의무로 만들어야 한다. 지구는 스스로를 청소할 수 없으니까.

많은 사람이 주말에 쇼핑을 한다. 플라스틱으로 포장된 물건을 사고 그 플라스틱은 결국 바다로 간다. 샤는 주말에 청소를 한다. 그러니 우리도 할 수 있다. 아파트 건물 주변에 작은 공원이니 수영힐 수 있는 해변 혹은 출퇴근용 도로가 있을 것이다. 내가 좋아하는 미국 작가 데

이비드 세다리스는 영국 서식스에 살고 있는데 그는 건강을 위해 파워 워킹을 하는 대신 집게와 쓰레기봉투를 들고 걸으며 거리를 청소한다. 그의 행동을 기리기 위해 최근에 그의 이름을 딴 쓰레기차가 생기기도 했다.

나는 집 근처 도로에서 담배꽁초를 줍는다. 나는 한때 골초였고 그에 대해 약간의 죄책감을 갖고 있는데 보행 보조기를 끌고 집게를 휘두를 때마다 강력한 니코틴이 달려들듯 죄를 용서받는 느낌이 든다.

그리고 태평양을 청소하기로 마음먹은 네덜란드의 한 젊은이가 있는데 그의 이름은 보얀 슬랫*Boyan Slat*이다. 정말 멋진 사람이다. 그는 1980년대에 해적이 나타나던 남중국해에서 내가 바다에 버렸을지도 모르는 플라스틱을 청소한다. 그렇다. 나는 그때 선장이 얼음 깨는 송곳으로 빵빵한 쓰레기봉투에 구멍을 뚫어 바다에 던지는 것을 봤다. 쓰레기는 파도에 휩쓸려 가라앉았다. 우리는 깜짝 놀랐다. 당시에도 스웨덴 사람들은 절대로 쓰레기를 숲에 두고 오거나 물에 버리지 않았다. 하지만 해적들로부터의 안전을 전적으로 의지하고 있는 그의 배에 탄 손님으로서 나는 감히 토를 달 수 없었다. 그런데 보얀 슬랫

이 바다에서 쓰레기 줍기 운동을 시작했으니 얼마나 다행인지 모르겠다.

사실 우리 세대는 환경 오염에 대한 개념조차 없었고 그래서 지구에 아주 몹쓸 짓을 해온 것이 맞다. 그래서 나는 늦었지만 지금부터라도 지구를 청소하는 데 일조하려고 한다. 인도에 가서 해변을 청소하거나 고속도로에서 쓰레기를 줍기에는 너무 늦었지만 그렇다고 또 전혀 손을 보탤 수 없을 정도로 늙어버린 것은 아니다. 우리는 사람을 모을 수 있고 영향을 끼칠 수 있고 돈을, 어쩌면 시간이라도 기부할 수 있다. 나는 그레타 툰베리처럼 지구를 지키기 위해 노력하는 젊은이들을 지지한다. 함께 노력하고 있는 우리 세대 역시 지지한다.

내가 어렸을 때 보던 숲이 내가 지구를 떠날 때도 그대로였으면 좋겠다. 발리의 산호가 내가 보았던 1979년의 건강한 모습 그대로였으면 좋겠다. 오늘날 사람들은 해변에서 조개껍데기 대신 병뚜껑을 줍지만 그래도 병뚜껑 줍기가 조개껍데기 줍기보다 더 건설적이라 다행이나. 내 친구의 딸이 인도네시아 롬복 옆에 있는 길리섬을 방문했는데 해변에 구걸하는 사람들이 너무 많았다고 한다. 하지만 그들에게 돈을 주는 여행객은 거의 없었다. 그래서 그녀는 구걸하는 사람들을 주축으로 쓰레기 줍는 모임을 만들었고 여행자들에게서 해변 청소를 위한 기부금을 모았다. 짜잔! 여행자들은 당장 지갑을 열었다.

나는 조금이라도 세상을 더 청소하다 떠나고 싶다. 그게 얼마나 중요한지 너무 늦게 깨달았다. 하지만 다행히 아직 살아 있으니 시간이 날 때마다 비르짓타의 말대로 살려고 한다.

빈손으로 떠나지 말자. 이 지구를, 그리고 우리의 삶 역시.

늘 깨끗하게 청소하며 살자.

4   7년 전에 죽었다 깨어난 사람

사람들은 죽음을 두려워한다.

하지만 내가 7년 전에 한 번 죽어보니 얼마나 빨리 죽는지 죽음을 두려워할 시간조차 없었다.

예테보리 국제 영화제가 열리고 있던 2월이었다. 스톡홀름에 살고 있던 나는 들뜬 마음으로 예테보리를 찾았다. 아이들과 친구들을 만나고 내 자식이 만든 영화 초연을 감상한 후 친구 집에서 하룻밤을 보낼 예정이었다.

날씨는 예테보리답게 역시나 눈 녹은 신창이었다. 커다랗고 촉촉한 눈송이들이 땅에 닿자마자 물웅덩이로

변했다.

친구와 함께 극장에서 나온 나는 택시를 타고 집으로 가서 텔레비전을 보며 친구와 더 이야기를 나누려 했다. 그런데 집에 도착하자마자 몸이 몹시 이상하다는 느낌이 들었다. 몸 안의 모든 힘이 빠져버린 것 같았다. 나는 친구에게 너무 기운이 없어 일찍 자야 할 것 같다고 말한 뒤 겨우 잠옷으로 갈아입고 침대에 누웠다. 그리고 바로 그 순간, 나는 그곳에 없었다. 그렇게 순식간에 벌어진 일이었다! 친구가 지나가다가 내가 평소처럼 옷을 정리해 놓지 않은 걸 보고 발견했기에 망정이지!

똑똑한 친구는 바로 구급차를 불렀다. 내 휴대 전화로 아이들에게도 연락했다. 구식 문이 달린 작은 엘리베이터에 어떻게 실려갔는지도 모르겠다. 아무것도 기억나지 않지만 우리는 곧 근처의 살그렌스카 대학 병원으로 갔고 나는 바로 입원했다. 구급차를 타고 오는 내내 의식이 없어 아무것도 느끼거나 인지하지 못했다. 그 시간은 마치 내 삶 한가운데 갑자기 쳐진 괄호 같은 시간이었다.

이 모든 일이 약 한 시간 만에 일어났다. 정신을 차려보니 나는 아주 밝고 작은 방에 누워 있었고 젊은 여자 하나가 내 옆에서 웃고 있었으며 비슷하게 웃는 얼굴이던 젊은 남자도 한 명 있었다. 중환자실 간호사들이었다.

간호사들은 세상으로 돌아온 나에게 유쾌한 환영 인사를 해주었다. 믿기 힘들겠지만 간호사들의 웃음에는 전염성이 있었다. 우리는 곧 이야기를 나누며 함께 웃고 떠들었다. 그 젊은이들이 나를 다시 세상으로 데려오기 위해 노력해 주지 않았다면 나는 의식을 되찾지 못하고 결국 세상을 떠났을 것이다. 내가 떠난다는 사실을 알지도 못한 채.

그리고 내가 죽었다 깨어났다는 사실이 천천히, 하지만 분명하게 다가오기 시작했다.

"천사들을 만나셨나요?" "터널 끝에서 빛을 보셨어요?"

그 후로 내가 수없이 받았던 질문이다. 대답은 '아니요'였는데 그 대답에 실망하는 사람들도 있는 것 같았다. 나 역시 죽었다 살아나면서 '아니요'라고 대답하고 싶지는 않았는데. 무엇을 기대했는지는 모르겠지만 어쨌든 나는 아무것도 보지 못했다!

마치 누군가 전원 스위치를 딸깍 꺼버린 것 같은 그런 일이었다. 많은 이들이 죽어서 사랑하는 사람이나 친구들을 만날 수 있으리라고 믿을 것이다. 그런 생각이 마음을 편하게 해주는 긍정적인 믿음이라는 건 이해하지만 나는 그렇지 않다. 어쩌면 내가 삶을 너무 긍정적인 쪽으로만 바라보는 편이 아니기 때문인지도 모르겠다. 지극히 스웨덴적인 현실주의자라고나 할까. '저 너머의 그곳'에서 사랑하는 사람들과 친구들을 다시 만난다면 우리의 모든 적들도 다시 만나게 되지 않을까? 그건 사양이다. 나는 싫다. 죽으면 그냥 끝이었으면 좋겠다.

어쨌든 젊은 간호사들의 온화하고 다정한 얼굴을 보며 그 작고 밝은 방에 누워 있으니 몹시 행복했다. 나는 살아 있다. 죽었다 다시 깨어나.

한두 시간쯤 지나자 내 곁을 지키고 있던 두 명의 환한 얼굴이 나를 일반 병동으로 옮겨주었다. 한밤중이라 다른 환자 두 명이 어둑한 병실에서 이미 잠들어 있었기 때문에 조용히 움직였다.

내가 침대에 자리 잡자 다른 젊은 여자 간호사가 내 침대 옆에 앉았다. 나를 조금 더 깨워 놓는 것이 그녀의 임무 같았다. 간호사가 해주는 인생 이야기를 듣다 보니 그럭저럭 시간이 흘렀다. 지겹지 않고 재밌는 이야기가 간호사의 입에서 끊임없이 흘러나왔다. 그녀는 네 살과 다섯 살인 두 아들을 키우는 싱글맘으로 예테보리 외곽에서 30분 정도 떨어진 알링소스라는 작은 마을에 살고 있었다. 곧 기차를 타고 집에 갈 것이다. 그리고 집에 도착해 아이들과 레고를 할 것이다. 마침 일요일이니까. 나는 재밌는 이야깃거리를 생각할 필요도 없이 그냥 듣기만 하면 되었고 그녀의 인생 이야기를 듣는 것만으로도 마음이 편하게 가라앉았다.

아침이 되자 회진을 시작했는지 친절해 보이는 의사 한 무리가 갑자기 내 침대 주위로 몰려들었다. 심장 판막이 터져 최대한 빨리 꿰매야 한단다. 의사 선생님들은 이미 칼을 갈고 바늘에 윤을 다 냈는지 한시라도 빨리 나를 수술실에 집어넣고 싶어 하는 듯했다.

그날 수술실에서 나는 내 몸 밖으로 빠져나와 영화를 찍는 카메라처럼 위에서 모든 것을 내려다보고 있는 느낌이 들었다. 분주한 발소리와 열리고 닫히는 문소리, 그 와중에 나를 내려다보고 있는 모르는 사람들. 내 주위를 빙빙 두는 작고 조잡히고 선명힌 피조물들 사이에서 나는 거대한 파도를 탄 듯 공중을 둥둥 떠다녔다.

마침내 그 이상하고 답답했던 혼돈의 시간이 지나고 아이들이 내가 깨어나길 기다리며 나를 에워싸고 있는 평범한 상태로 되돌아왔다. 다시 아이들을 만나고 친절하게 친구들까지 찾아와 주어 행복했지만 도대체 내가 얼마나 큰 폐를 끼쳤는지! 나이 드는 건 가끔 이렇게 성가신 일이지만 모두가 그런 나를 견뎌주고 있다는 게 얼마나 감사한지 모르겠다.

내 경험에 따르면 사랑하는 친구를 잃을 때 '적절한' 애도의 방법은 없다. 심장마비나 교통사고로 누군가 갑자기 세상을 떠나면 사랑하는 이들과 가까운 친지들은 커다란 충격을 받을 것이다. 반대로 누군가 오랫동안 아파 집에서 돌봄을 받았다면, 당연히 그렇게 느끼고 싶지 않겠지만 한편으로는 다행스럽다는 기분이 들지도 모른다. 타인의 요구를 우선하고 자신의 요구를 뒷전으로 미루는 것은 장기적으로 누구에게도 좋지 않다. 돌봄이 오랫동안 지속될 때는 특히 더.

남겨진 이들도 괴롭고 힘들다. 아무리 애도 경험이 많다고 해도 친구가 이제 막 세상을 떠났다면 그가 없는 낯선 삶은 한동안 익숙해지지 않는다. 장례식이 끝나고 죽음 이후의 각종 의식과 번거로운 절차가 모두 마무리된 후에야 완전히 달라져 버린 삶이 다시 서서히 시작될 것이다.

남편이 떠난 후 내 삶은 무척 공허하고 쓸쓸해졌다. 그는 내 가장 친한 친구였다. 50년 가까이 부부로 지내면서 우리는 수많은 일을 함께 헤쳐 왔고 수없이 함께 울고 웃었다. 서로의 경험을 공유했고 서로에게 용기가 되어 주었다. 나는 어려운 문제가 닥쳤을 때 남편이라면 어떻게 생각했을지, 그가 다양한 상황에서 어떻게 행동했을지 잘 알고 있다. 아직도 가끔 생각한다. 라스라면 어떻게 했을까? 그가 너무 그립지만 한편으로 그가 늘 나와 함께 있다고 느낀다. 심지어 가끔 그에게 조언을 구하기도 한다. 나는 두 사람 몫을 한꺼번에 살고 있다. 우리가 했던 생각들, 우리가 누렸던 즐거움, 우리가 해결했던 모든 문제들은 그 누구도 빼앗아갈 수 없는 나만의 보물이다.

나는 예테보리에서 태어났고 그곳에서 한 번 죽었다. 하지만 사는 곳은 스톡홀름이었기 때문에 비행기를 타고 스톡홀름으로 돌아가 치료를 계속해야 했다. 스웨덴의 국가 건강보험은 몹시 훌륭하지만 제도가 원활하게 운용되기 위해 따라야 할 절차가 많았다.

여자 간호사, 조종사, 그리고 침상에 누운 내가 경비행기를 타고 예테보리에서 출발했다. 나는 작은 창문 쪽으로 머리를 두고 누워서 날씨가 안 좋아 안개가 가득했지만 그래도 창밖을 훤히 내다볼 수 있었다. 간호사는 그날 오전에 다른 환자를 한 번 수송했고 나를 스톡홀름에 내려준 다음 또 다른 환자를 데리고 스웨덴 북쪽으로 날아가야 한다고 했다. 쉴 시간도 없이 일하는 사람들이라니!

착륙할 때 비가 억수같이 쏟아졌다. 얼굴에 빗방울이 떨어지니 기분이 좋았는데 곧 누가 내게 우산을 씌워주었다. 제길, 아무것도 스스로 결정하거나 해낼 수 없는 상황이라니. 할 수 있는 건 오직 내 곁에 딱 붙어서 돌봐주는 이들에게 감사하는 것뿐이었다. 그야말로 더없이 고마운 사람들이었다.

스웨덴의 건강보험은 얼마나 훌륭한지 모른다. 이 모든 것이 거의 무료다. 물론 내가 이를 위해 아주 오랫동안 세금을 납부해 왔지만. 그래서 나는 죄책감을 갖지 않기로 했다. 바짝 말라버린 얼굴에 부드러운 빗방울은 조금 더 맞고 싶었지만.

스톡홀름 외곽의 카롤린스카 대학 병원에 입원한 나는 작은 라디오를 하나 부탁해 잠든 사람을 방해하지 않으려고 이불을 뒤집어쓰고 라디오를 들었다. 매시 정각, 뉴스를 알리는 소리가 났다. 나는 내가 정말로 살아있는지 확인하려고 그 소리를 유심히 들었다. 그리고 한 시간에 한 번씩, 내가 살아있음을 확인했다.

갑자기 의식을 잃고 고꾸라졌던 그때처럼 모든 것이 재빠르게 정상으로 되돌아갔다. 눈 깜빡할 사이에 나는 또 집에 돌아와 있었다. 하지만 매일 물리 치료를 받아야 했다. 병원에 가서 의사를 만나야 할 날들도 이미 정해져 있었다. 앞으로의 모든 진료 계획이 우리 집 우편함 안에서 나를 기다리고 있었다. 내가 해야 할 일은 나이어리를 꺼내 날짜를 표시하는 것이 전부였다.

물론 또 해야 할 일이 어찌 더 없었겠는가! 나는 천천히 움직였고 거동이 예전만큼 자유롭지 않았기에 물리 치료사를 만나러 가는 것만으로도 오전이 다 가버리는 것 같았고, 집에 돌아오는 길에 오후마저 다 사라지는 것 같았다.

일단 병원에 도착하면 복도가 끝도 없이 이어졌고 타야 할 엘리베이터를 찾는 것만 해도 엄청난 일이었다. 이럴 줄 알았으면 그때 그 중환자실에서 깨어나지 않는 게 차라리 더 나았겠다는 생각이 들 정도로 피곤한 일이었다.

하지만 물리 치료가 시작되면 너무 기분이 좋아져 고생해서 찾아간 보람을 찾고도 남았다. 한 번 받을 때마다 더 튼튼해지는 것 같았는데 그건 날마다 조금씩 약해지는 내 나이쯤 되면 몹시 생소한 기분이다. 심지어 다시 젊어져서 지금보다 건강했던 몇 년 전으로 되돌아간 느낌까지 들었다. 치료가 끝나자 물리 치료를 받으러 다니던 시절이 몹시 그리워졌다. 그리고 그전에는 몰랐던 새로운 사실을 하나 알게 되었다. 심장 수술을 받고 치료하는 과정에서 조금 더 편해 보려는 노력은 아무 소용이 없고 불평불만은 더더욱 소용이 없다. 그저 할 일을 하며 그 시간을 버텨야 한다. 아무리 고통스럽다고 해도.

내 나이가 되면 죽음을 두려워하는 사람들을 만나게 된다. 하지만 내가 자주 병원에 실려 가 보기도 했고 침대에서 일어날 수 없거나 스스로를 돌볼 수 없는 가족과 친구들을 너무 많이 보고 나니 우리가 두려워해야 할 것은 죽음이 아니라 너무 오래 지속되는 삶이라는 생각이 들었다. 때가 되면 죽음이 재빨리 다가와 주길 빌어라. 죽었다 살아나 본 사람이 하는 말이니 믿어도 좋다. 죽음이 꼭 그렇게 끔찍한 것만은 아니다.

5   자원봉사는
최대한 많이

남편이 세상을 떠난 후 나는 스웨덴 서쪽 바다의 작은 섬 마을에 있던 집을 정리하고 수도 스톡홀름의 방 두 개짜리 아파트로 이사했다.

스톡홀름에는 친구도 별로 없었고 이미 은퇴했기 때문에 낮에는 한가한 편이었다. 그래서 최대한 나를 바쁘게 만들려고 노력했다. 내게 잘 어울릴 것 같은 가죽 재킷을 샀고, 소셜 미디어에 가입했고, 예술에 관한 블로그를 개설했다. 수년 동안 섬에 살다 보니 문화에 대한 깊은 갈증이 있었다. 그래서 스톡홀름에 도착하자마자 아트 갤러리들을 찾아다녔고, 콘서트에 갔고, 사람들을 점심 식사에 초대했고, 나처럼 기동성이 조금 부족한 또래들을 도왔다. 그중에서도 가장 중요한 건 새로 이사한 지역의 협동조합 농장을 돌보는 일이었다. 나는 식물 가꾸기를 좋아했고 식물이라면 누구의 것이든 상관없었다. 내가 작물을 돌보고 그것이 자라는 걸 지켜볼 수만 있다면 행복했다. 게다가 자원봉사는 몹시 즐거운 일이기도 했다.

자원봉사를 하면 자기 효능감과 자존감이 높아진다. 마흔 살에 미국으로 이주한 후 그 사실을 깨달으며 몹시 놀랐다.

우리 가족은 저녁을 꽤 늦게 먹는 편이었다. 아이들이 어렸을 때부터 그랬다. 어쩌면 아이들에게는 너무 늦은 시간이었는지도 모르지만 그건 우리 가족만의 비밀이었다. 아이들은 학교에서 매일 따뜻한 밥을 먹고 오기 때문에 저녁을 늦게 먹는다고 굶어 죽지는 않을 테고, 우리는 아빠가 집에 오신 후 나 같이 한 자리에 앉는 게 정말 중요하다고 생각했다. 다 같이 모이기에는 저녁 식사 자리만 한 게 없었다. 비록 밤 여덟 시가 넘을지라도. 그러니 신이시어, 조금만 눈감아 주시길.

아이들 다섯과 어른 둘, 그리고 가끔 반려동물 한두 마리까지 우리의 저녁 식탁은 꽤 활기가 넘쳤다. 대화도 끊이지 않았다. 어젯밤 저녁 식사 후부터 오늘 저녁 식사 전까지 각자 새롭게 경험한 일들을 공유하고 싶어 했다.

그중에서도 어느 가을의 저녁 식사 시간이 기억난다. 노르웨이식 해산물 수프를 먹어치우고 아이들이 수프보다 더 좋아했던 팬케이크에 막 달려들 참이었으니 목요일이었을 것이다.

쪼개서 말린 완두콩에 약간의 돼지고기를 넣은 수프와 팬케이크는 목요일마다 스웨덴의 모든 집 식탁에 오른다. 저녁 메뉴를 고민할 필요가 없어서 편하긴 하다. 하지만 전 국민이 같은 메뉴를 먹고 있다고 생각하면 약간 이상한 기분이 들기도 한다. 게다가 맛있는 노란 콩 수프는 활발한 장운동을 촉진해 자꾸 방귀를 뀌게 만든다. 목요일마다 스웨덴에서 얼마나 많은 메탄가스가 생산될까?

아무튼 그 목요일 저녁, 남편 라스가 할 말이 있다는

듯 숟가락으로 물잔을 툭툭 쳤다. 나는 내용을 이미 알고 있었지만 아무것도 모르는 아이들은 중대 발표를 기다리는 표정으로 두 눈을 반짝였다. 식탁은 순식간에 조용해졌다. 길게만 느껴졌던 몇 초가 지나고 마침내 라스가 입을 열었다.

"이번 봄에 미국으로 이사 간다."

행복, 두려움, 놀람, 혼란 등의 다양한 눈빛이 교차되었다. 다들 그 소식을 곱씹느라 식탁은 다시 완벽한 침묵에 빠져들었다. 마침내 한 아이가 물었다.

"미국이 어디예요?"

그리고 수문이 열린 듯 다들 각자의 상황에 대해, 이사가 자신한테 어떤 영향을 미칠지에 대해 떠들기 시작했다.

대답해 줘야 할 질문들이 쏟아져 나왔다.

"음식은 어때요?"

"개도 데려갈 수 있어요?"

"인디언도 볼 수 있어요? 아니면 카우보이?"

"미국 사람도 스웨덴어를 할 줄 알아요?"

"미국에도 스카우트는 있겠죠?"

"거기서도 학교 다녀야 해요?"

"그럼 매일 탄산음료 마셔요?"

"미국에는 어떤 동물이 있어요?"

"비행기 타고 가요? 배 타고 가요?"

온 가족이 살던 곳을 떠나 대서양 너머로 터전을 옮기는 것은 도전이자 모험이다. 식구가 점점 많아져 더 큰 집으로 가끔 이사를 다니긴 했지만 그래도 스웨덴 서해안을 벗어난 적은 없었다. 아예 다른 나라인 미국으로의 이주는 몹시 다를 것이다. 새로운 대륙에서 새로운 언어로 생활하게 될 테니 말이다.

남편 라스가 직장에서 능력을 발휘해 왔고 그래서 회사의 미국 지부를 책임지게 되었으니 그에게는 몹시 중요한 일이었다. 나는 당연히 남편이 자랑스러웠지만 불안한 마음도 없지 않았다. 나는 겨우 마흔이었고(라스는 마흔둘이었다) 다섯 아이들을 마치 다른 차원인 것만 같은 그 먼 곳으로 데려가는 건 처음이었다. 물론 그때까지도 우리는 그 이사가 지난 이사들과는 얼마나 다를지 조금도 알지 못했다.

아이들이 흥분해 수다를 떨며 식사하는 동안 나는 내

삶이 어떻게 변할지 궁금해졌다. 아이들이 학교에 가면 나는 하루 종일 뭘 하지? 무엇보다 내 영어 실력이 걱정이었다. 내 영어 실력은 내가 원하는 수준에 한참 못 미치고 있었다.

요즘은 거의 모든 스웨덴 아이들이 영어를 유창하게 한다. 학교에서 배우기도 하지만 아마 텔레비전 덕분이기도 할 것이다. 아이들이 어렸을 때 우리 집 텔레비전에는 채널이 하나밖에 없었다. 아이들은 그 채널에 나오는 것이라면 무엇이든 봤다. 핀란드어, 프랑스어, 헝가리어, 영어 프로그램도 가리지 않았다. 스웨덴은 모든 프로그램에 더빙 대신 자막을 사용했기 때문에 당시 아이들은 〈형사 콜롬보〉, 〈록포드 파일 *The Rockford Files*〉, 〈스쿠비두〉 같은 프로그램으로 영어를 배웠다. 그러니 수백 개의 채널을 보는 요즘 아이들의 영어는 거의 완벽할 것이다. 미국에 도착했던 1970년대, 텔레비전의 덕을 본 고등학생 첫째는 그래서 영어로 충분한 의사소통이 가능했다.

막내 제인은 아직 학교에 입학하기 전이었다. 다음 해 봄, 이사를 기다리고 있을 때 스웨덴 텔레비전에서 수화

배우기 프로그램을 방영했다. 제인은 그 프로그램을 너무 좋아해서 텔레비전 앞에 껌처럼 달라붙어 있었다. 제인은 새로운 언어를 몰라 친구들과 말이 통하지 않을까 봐 걱정스러웠을 것이다. 그리고 새로운 학교에서 적어도 청각 장애가 있는 친구와는 소통할 수 있을지도 모른다고 생각했을 것이다. 안타깝게도 우리 중 영어 수화와 스웨덴 수화가 다르다는 사실을 아는 사람은 아무도 없었다.

1940년대, 내가 다니던 학교에는 아주 멋진 여자 선생님이 계셨다. 약간 무뚝뚝해 보이지만 자세히 관찰하면 다정한 두 눈동자에 호기심이 가득했다. 선생님의 이름은 거트루드였다. 그 당시 흔한 이름은 아니었다. 거트루드란 이름은 그 선생님이 처음이었다.

거트루드 선생님의 꼼꼼하게 빗어 놓은 긴 머리카락이 계속 빠져나왔는데 어쩌면 활기차게 이리저리 많이 움직였기 때문이었을 것이다. 우리는 거트루드 선생님의 수업을 늘 기다렸고 가만히 앉아 있기를 유난히 힘들어하던 아이들은 특히 더 그랬다.(안 그런 애들도 있던가?)

거트루드 선생님 수업 시간에는 우리도 다 같이 일어나 움직일 수 있었기 때문이다.

수업이 시작하면 우리는 모두 일어나 책상 옆에 나란히 섰다. 그리고 선생님의 신호에 맞춰 영어를 외우며 줄을 맞춰 천천히 걸었다.

"I am,

You are,

He, she, it is,

We are,

You are,

They are!"

그리고 점점 속도를 높이고 목소리를 키웠다. 선생님이 교탁에 앉아 교편을 흔들며 박자를 맞춰주었다. 그러다 속도를 맞추지 못하거나 잘못 외우고 있는 학생을 가리키기도 했다. 얼마나 재밌었는지! 선생님도 우리만큼 즐거웠을 것이다. 수업이 끝날 때쯤이면 다들 발을 쿵쿵 구르며 배운 문법을 소리 높여 외치고 있었다. 정말 효과기 좋았다. 학교에서 배운 많은 내용 중 내가 아직도 기억하는 건 거트루드 선생님이 가르쳐 주신 것들뿐이다.

어쨌든 미국에 도착한 첫날 주유소에서 휘발유를 넣으며 내가 언어 습득에 별 소질이 없다는 사실을 깨달았다. 그때는 주유를 하려고 차에서 내릴 필요가 없었다. 운전석에 앉아 기다리면 곧 직원이 나타나 이렇게 말했다.

"어서 오세요."

아직 미국 단위가 헷갈렸던 나는 이렇게 말했다.

"40갤런 주세요."

40갤런이면 151리터다! 직원이 황당한 표정을 지을 만도 했지.

상황 파악을 잘하는 첫째 요한이 크게 웃으며 부끄러운 듯 말했다.

"엄마, 다음부터는 그냥 '꽉 채워주세요.'라고 말해요."

아나폴리스에 작은 테라스 하우스를 구해 들어갔을 때도 내 형편없는 영어 실력이 여지없이 드러났다.

어느 이른 아침, 부엌에 가 보니 바닥에 퍼들puddle(물 웅덩이)이 만들어져 있었다. 여차저차해서 단지를 관리하는 기술자를 불렀다. 그의 이름은 밥이었는데 밥은 키가 작고 다정했지만 늘 바빠 보였다.

"밥, 제발 도와줘요. 부엌 식탁 밑에 커다란 푸들*poodle*이 있어요!"

밥은 최대한 빨리 달려왔다. 그리고 우리 집에 도착하자마자 개 잡는 사람을 불러야 하겠는지 물었다.

나는 밥이 무슨 말을 하는지 종잡을 수 없었다.

개 잡는 사람?

그리고 밥에게 그 푸들을 보여주었다. 그러자 그가 웃음을 터트리며 말했다.

"망누손 부인, 이건 푸들이 아니라 퍼들이에요."

그 후로 그 두 단어는 한 번도 헷갈린 적이 없다.

어느 일요일 아침이었다. 평소와 달리 온 가족에게 아무 일정도 없어서 다들 늦잠을 잘 수 있었다. 소풍도, 운동 연습도, 시합도, 생일 파티도, 참가해야 할 회의도 없었다.

대양을 건너 새로 이사한 집도 이미 멋지게 꾸몄고 풀어야 할 상자나 정리해야 할 물건으로 스트레스받을 일도 더 이상 없었다. 남편과 나는 침대에 누워 간만의 고요를 마음껏 누리고 있었다. 약 1분 정도.

열두 살이 넘은 남자아이들은 돌덩이처럼 잔다. 얼마나 깊이 자는지 깨우지 않으면 영영 일어나지 않을 것처럼 잔다. 아들이 셋이었는데 아들들이 자고 있는 방에서는 아무 소리도 들리지 않았다.

딸 둘은 같은 방을 썼는데 둘이서 이제는 텅 비어 있는 이삿짐 상자들로 인형의 집을 만들며 노는 소리가 들렸다. 빈 상자는 아이들을 하루에도 몇 시간씩 붙잡아 두는 최고의 놀잇감이었다. 라스와 나는 아이들이 스웨덴에서와는 다른 방식으로 물건들을 활용하는 모습을 보는 것이 즐거웠다. 슈퍼마켓에서 온 플라스틱 토마토 지지대는 장난감 침대가 되었다. 평범한 미국 사람들에게 쓰레기로 보일 물건이 우리 딸들에게는 보물이었다. 딸들은 빈 성냥갑, 천 조각, 병뚜껑, 머핀 포장지, 모루, 엽서 등의 새로운 쓰임을 찾았다.

건조기 필터에서 나온 보푸라기도 환상적인 놀잇감이었다. 우리는 건조기 사용이 처음이라 건조기 보푸라기도 그때 처음 보았는데 딸들은 그걸로 매트리스, 쿠션, 가발 등 무엇이든 만들었다. 가위와 종이, 풀만 있으면 그럴싸한 놀잇감들이 뚝딱 만들어졌다. 남편과 나는 우리 작은 '천사'들이 영어로 노는 소리를 들으며 행복해했다.

"아, 아이들은 정말 빨리 배워!"

그때 딸들의 목소리가 바뀌기 시작했다. 작은 천사들의 목소리에 짜증이 약간씩 묻어나오더니 점점 커져 곧 서로 공격할 태세가 되었다. 그런데 공격용 어휘가 아직 충분치 않아 보였다. 새로운 언어에서 나쁜 말은 아직 못 배운 게 틀림없었다. 갑자기 스웨덴어가 튀어나오기 시작했다. "둠붐Dumbom(바보)!" "그리스Gris(돼지)!" "야블라 휘토냐Jävla skitunge(못된 애송이)!"

남편과 나는 잠깐 생각에 빠졌다. 이 싸움은 어떻게 끝날까? 그런데 미국 아이들이 우리 아이들을 괴롭히면 어쩌지? 그럴 때 자신을 지킬 수 있을까? 저 조그만 아이들에게 저주와 모욕의 영어 단어들을 좀 가르쳐 주어야 할까?

하지만 걱정도 팔자였다. 우리 어린 천사들의 입은 금방 뱃사람처럼 거칠어졌다. 여기서 인용하진 않겠지만 라스와 나는 아이들이 새로 습득한 튼튼한 어휘에 함께 웃었다. 아이들은 학교에서 아무 문제 없을 것이다.

적지 않은 우리 집 식구 중 영어를 배우기 가장 힘들었던 사람은 바로 나였다. 나는 툭하면 실수를 했고 아이들은 나의 그런 좌충우돌 영어 생활을 지켜보며 꽤 즐거워했다. 하지만 내 그런 모습을 아이들이 부끄러워하지는 않을지 가끔 걱정했던 것도 사실이다.

어느 일요일, 토마스의 열네 번째 생일 파티가 있었다. 화창했지만 쌀쌀한 겨울이었다. 파티에 참석한 아이들은 집 근처 개울에서 스케이트를 타고 있었다. 어른들은 휘핑크림을 올린 핫 초콜릿과 시나몬 롤을 준비했고 아이들은 꽁꽁 얼어 볼이 빨갛게 상기된 채 배가 고프다며 집으로 돌아왔다. 허기를 달래고 나니 파티가 끝나기 전까지 겨울 양말을 신고 춤을 더 출 시간이 약간 남아 있었다.

대부분 집이 가까워 걸어갈 수 있었지만 토마스의 가장 친한 친구이자 토마스네 학교 교장 선생님의 아들은

걸어가기에는 너무 멀리 살았기 때문에 교장 선생님이 직접 아들을 데리러 오셨다. 교장 선생님이 우리 집에 도착해 점잖게 문을 두드렸다. 그때는 학부모나 학생의 선생님에 대한 존경심, 특히 교장 선생님에 대한 존경심이 컸기 때문에 다들 교장 선생님 앞에서 괜한 실수를 하고 싶어 하지 않았다.

당연히 나는 환영의 의미로 교장 선생님께 내가 만든 스웨덴식 시나몬 롤을 권했다.

그리고 시나몬 롤을 맛보고 있는 교장 선생님께 물었다.

"제 번buns(둥글납작한 빵이라는 뜻도 있고 엉덩이라는 뜻도 있다-옮긴이) 맛이 어떠신가요?"

아이들은 입을 틀어막았지만 그래도 웃음이 새어 나왔고 나는 갑자기 창피해졌다. 토마스도 몹시 당황했을 것이다.

교장 선생님은 조금도 주저하지 않고 다정하게 웃으며 말씀하셨다.

"망누손 부인. 시나몬 롤이 정말 맛있습니다."

아이들에겐 학교에 다녀온 후 혹은 숙제를 다 끝낸 후

시간을 보낼 수 있는 취미가 필요한데 새로운 곳으로 이사를 가면 그곳에서 아이들이 즐길 거리를 찾는데 시간이 꽤 걸린다. 아들들은 우리 집 근처에 극장이 두 개나 있다는 사실을 발견하고 시간이 날 때마다 영화를 보러 가고 싶어 했다.

한번은 토마스가 다른 학년 여학생과 함께 영화를 보고 싶어 했다. 그 아이는 막내 제인이 사랑하는 선생님의 딸이었고 토마스는 그 아이와 피터 셀러스가 출연하는 영화를 함께 볼 생각이었다. 제목은 〈돌아온 핑크 팬더〉였다. 그런데 토마스가 몰랐던 사실이 하나 있었는데, 그 당시 미국에는 남학생이 여학생을 초대하려면 동행할 보호자가 있어야 한다고 생각하는 부모들이 여전히 있었다. 그 여학생의 부모가 동행할 어른이 있는지 내게 물었고 그래서 내가 아이들과 함께 간다고 약속했다. 살짝 지나치다는 생각이 없지 않았지만.

문제는 내가 그 영화를 너무 재밌게 이미 보았고 그래서 재미있는 대사가 나오기 한참 전부터 나도 모르게 웃음을 터트려 버리곤 했다는 거다. 그 영화에는 50년이 지난 지금 생각해도 여기 쓰지도 못할 만큼 재밌는 장면이 몇 군데 있었다. 극장에서 웃느라 아픈 배를 부여잡고 눈물까지 흘려가며 큭큭대는 내가 얼마나 꼴불견이었을지 상상해 보라. 토마스의 교장 선생님한테 내 엉덩이가 마음에 드시냐고 물었던 것도 모자라 이제 토마스가 잘 보이고 싶어 하는 여학생 지척에 앉아 미친 사람처럼 웃어댔던 것이다. 오, 불쌍한 나의 토마스.

그 뒤로 내가 아이들 데이트에 따라갈 일은 전혀 없었다.

한번은 집 근처 극장에서 우리 아이들 모두가 좋아할 만한 영화를 개봉했다.

제목은 〈이상한 나라의 앨리스〉였다. 나는 루이스 캐럴의 그 재밌는 책을 최소 두 번은 읽었다. 그래서 아이들을 데리고 의기양양하게 극장으로 몰려갔다. 내가 티켓을 사려고 줄을 섰고 아이들은 인도에서 기다리고 있었다.

그런데 줄을 선 사람들이 내가 기대했던 것과 약간 달랐다. 아이들은 한 명도 없었고 대부분 혼자 온 남성들이었다. 게다가 줄이 몹시 길었다.

마침내 내 차례가 되자 판매원이 조심스러운 목소리

로 내게 속삭이듯 말했다.

"손님, 죄송하지만 이 〈이상한 나라의 앨리스〉는 아이들이 보기에 적당한 영화가 아닌 것 같습니다만."

매표소 옆 벽에 붙은 광고를 더 자세히 살펴보니 영화의 모든 배우들이 발가벗고 있었다. 그것도 침대에서 서로 뒤엉킨 채 말이다.

"얘들아, 따라와! 매진이래."

그리고 아이들을 데리고 〈밤비〉를 보러 갔다. 포르노 버전이 아닌 건전한 밤비였다. 나는 아이들이 그 사건을 잊었길 바라지만 아이들은 가차 없다. 아직도 가끔 그 〈이상한 나라의 앨리스〉 이야기를 꺼낸다. 50년이나 지난 일인데!

시간은 흘렀고 내 영어는 조금도 나아지지 않았다. 나는 일할 수 있는 비자가 아니었기 때문에 하루 종일 집에서 혼자 그림을 그리고 혼자 청소를 하고 혼자 정원을 가꿨다. 여러모로 멋진 날들이었다.

아이들이 학교에서 돌아오면 스웨덴어로 이야기했고 남편이 퇴근하고 돌아오면 스웨덴어를 더 많이 썼다. 내가 가는 에어로빅 수업에서는 대화 자체를 할 일이 없었고. 옆에서 방방 뛰고 있는 여자에게 도대체 무슨 말을 한단 말인가?

오, 레그 워머 정말 멋진데요?

다들 그곳에 운동하러 왔지 잘 모르는 스웨덴 아줌마의 엉망진창 발음과 형편없는 어휘를 들어주기 위해 온 것이 아니지 않은가.

고심하던 나는 영어 실력을 쌓고 미국 문화를 더 이해하려면 자원봉사밖에 답이 없다는 사실을 마침내 깨달았다.

1970년대 아나폴리스에서 우리 아이들 셋이 다니던 학교는 시간이 있거나 나누고 싶은 기술이 있는 학부모들의 다양한 교내 활동 참여를 권장했다.

도움의 손길이 많이 필요했던 것도 어찌 보면 당연했는데, 학교 건물 자체가 다 허물어져 가 끝없이 일손이 필요한 농가 몇 채였기 때문이다.

목수 부모들은 부서진 의자나 문손잡이, 열기 힘든 창문을 수리했다. 예술가 부모들은 유치원 건물에 동화책에 나오는 동물과 캐릭터 그림을 그렸다. 타자기를 제공해 준 학부모도 있었고 바자회나 파티, 방과 후 활동을 준비하는 학부모들도 있었다. 도움이 필요한 목록은 끝이 없었다. 다정하고 따뜻한 공동체였다.

나는 매주 월요일 저학년을 위한 교내 도서관 돌보미에 자원했다. 모든 사람이 월요일을 반기진 않겠지만 나는 월요일 아침이 몹시 반가웠다. 도서관 돌보미는 한 주를 시작하는 아주 멋진 방법이었다. 작고 귀여운 인간들과 함께 하는 시간이 너무 즐거웠다. 아이들은 언제나 다정했고 호기심이 많았고 에너지가 넘쳤다. 게다가 아이들의 그 에너지는 전염성도 강했다. 그래서 하루가 끝나면 나까지 에너지가 충전되는 기분이었다.

가끔 다정하지 않거나 호기심이 없거나 에너지가 부족한 아이들도 있었는데 그럴 때는 따뜻한 위로가 해결책이었다. 그런 아이들은 내 무릎에 앉아 한동안 이야기를 나누다 갔다.

도서관은 전체가 연한 파란색으로 칠해진 소박하고 아늑한 공간이었다. 작은 의자들도 연파란색이었고 책상다리는 얼마나 짧은지 나 같은 어른은 바닥에 앉아서도 사용할 수 있을 정도였는데 쓸만한 의자가 부족할 때는 정말 그러기도 했다.(의자는 아마 목수 부모님들이 고치려고 가져갔을 것이다!)

월요일 아침, 도서관에 가장 먼저 도착하는 아이들은 3학년이었다. 그쯤이면 무엇이든 알아서 잘하는 나이였기에 나는 그동안 도장 날짜를 바꿔 도서관 카드에 미리 찍어놓고 1학년이나 2학년이 오기 전에 짬을 내 커피도 마실 수 있었다. 1학년이나 2학년은 얼마나 예쁘고 열정이 넘치는지 모른다. 빌려 가고 싶은 책이 딱 있는데 제목은 모르는 아이들도 많았다. 작가의 이름도 당연히 모르고. 그런 책을 찾아주는 건 꽤나 어려운 임무였다.

아이들은 작고 통통한 손을 내 팔에 올리고 지치지도 않고 설명하고 또 설명한다. 집에 책을 놓고 와서 불안해하는 아이들도 있었고 이미 새 책을 고르고 도장까지 받은 당당한 아이들은 책장을 기어오르기 시작한다.

모든 아이들이 책을 고르고 도장을 받으면 내가 책을 읽어줄 차례다. 짧은 이야기 하나. 하지만 아무리 짧아도 끝까지 읽기란 불가능에 가깝다. 책 속에서 일어나는 일들을 자기도 겪었다고 다들 한 마디씩 보태고 싶어 하니까. 아주 가끔 아이들의 이야기가 너무 멋져서 재밌는 동화나 상상력 넘치는 이야기를 읽고 싶은 내 마음이 해소되기도 했다.

아빠가 차고에서 할머니를 차로 쳤다고 이야기한 아이도 있었고, 엄마가 자기 머리통보다 더 큰 브래지어를 사는 걸 도와줬다고 자랑하는 아이도 있었다. 자기 집 개가 새끼를 아홉 마리나 낳아서 온 가족이 새끼들을 돌보느라 얼마나 힘든지 모른다는 아이도 있었는데 그 이야기의 반응이 가장 좋았다. 친구들이 질문을 퍼부었고 당연히 모두 새끼 강아지를 갖고 싶어 했다. 아이들의 이야기는 쉬운 단어로 구성되어 있어서 이해하기 몹시 쉬웠고 간간이 섞여 있는 몇 가지 새로운 단어를 배우며 내 어휘력도 늘릴 수 있었다.

하지만 공부도 하고 마음도 행복해지는 그런 순간이 순식간에 지나가고 파란 도서관의 문이 닫히면 나는 다시 월요일이 올 때까지 기다려야 한다.

"감사합니다. 망누손 부인." 아이들이 말했다.

이렇게 덧붙이는 아이들도 있었다.

"선생님 말투가 너무 웃겨요!"

그리고 아이들이 다른 수업을 위해 달려가면 작고 푸른 도서관은 다시 고요해진다.

나는 아이들이 돌아가면 안도의 한숨을 쉰다. 이번 월요일도 1학년인 막내딸이 엄마를 따라 포르노 영화를 보러 갈 뻔했다고 자랑스럽게 떠벌리지 않아 주어서 얼마나 감사한지.

아나폴리스에서 시작한 자원봉사를 나는 아직도 여기저기서 계속하고 있다.

1970년대 후반부터 살기 시작한 싱가포르에서는 고등학교 연극 작품의 무대나 싱크로나이즈드 스위밍 쇼무대에 그림을 그렸다. 즐거웠지만 쉽지 않은 일이었다. 33도나 되는 열대의 습한 날씨에 금박을 입힌 실물 크기의 중국 사원 모형을 이리저리 끌고 다녀야 했으니 말이다. 그 당시 싱가포르에는 가난한 가정이 몹시 많아서 우리는 쌀이나 저장 식품을 모아 차로 배달해 주는 자선 단체를 꾸리기도 했다. 캄보디아에서 폴 포트가 벌인 무시무시한 전쟁을 피해 보트피플boat people이 도착하자 우리는 그들에게도 음식을 나눠주었다.

내가 '우리'라고 한 이유는 싱가포르에는 기꺼이 도움의 손길을 제공하고자 하는 여성들의 모임이 많았기 때문이다. 직장을 그만두고 남편을 따라 외국 생활을 시작한 아내들은 일을 할 수 없었고 그런 상황에서 자원봉사는 하루를 보람차게 보낼 수 있는 방편이 되어 주었다. 다양한 나라의 요리법이 담긴 책을 만들어 필요한 엄마들에게 나눠 주기도 했다.

지금은 그만한 에너지는 없어서 노인들에게 인터넷 사용법이나 이메일 보내는 법 등을 가르쳐주고 있다. 처음으로 이메일을 보내는 데 성공한 후 그들의 얼굴에 비치는 환한 빛을 보면 아나폴리스의 그 작고 푸른 도서관이 생각난다. 그리고 그곳에서 느꼈던 따스함이 마음속에 되살아난다.

물론 모든 사람에게 자원봉사를 할 만한 시간이 있지는 않을 것이다. 우리는 한 번도 부자인 적은 없었지만 그렇다고 가난하지도 않았다. 그래서 다른 사람을 도와야 할 임무가 있다고 나는 생각한다. 게다가 그 과정에서 좋은 사람들을 너무 많이 만났다. 평생을 함께할 친구도 얻었고.

우리 시어머니는 정말 멋진 분이셨다. 하지만 말년에는 도움의 손길을 많이 필요로 하셨다. 내게 전화해 너무 외롭다고 투덜거리시기도 했다. 그 마음도 이해가 가지만 나는 대서양 건너 아나폴리스에 있었기 때문에 해드릴 수 있는 일이 별로 없었다. 그래서 이렇게 말씀드리곤 했다.

"아동 병원이나 유치원에서 아이들에게 동화책 읽어주는 일을 해보시면 어때요?"

그 뒤로 시어머니의 불평을 한 번도 듣지 못했다.

곧 봄이 올 것 같다. 나는 하루라도 빨리 다시 정원을 가꾸고 싶어서 창밖을 내다본다. 내 나이가 되면 몸과 마음을 채워주는 사소한 일들이 몹시 중요하다. 최대한 많이 계획하고 돕고 생각하고 돌아다녀라.

겨울에는 자원봉사를 할 수 없어서 얼마나 안타까운지 모른다. 그래서 겨울이 더 지겹고 길게 느껴진다. 나도 내년 겨울에는 다시 아이들에게 동화책을 읽어주기 시작해야 할까 보다.

6 머리카락은 일찍부터 관리하시길

아픈 걸 좋아하는 사람은 없다. 아직 왕성한 내 또래들도 알고 보면 다들 아픈 곳이 있거나 있었을 것이다. 무릎과 고관절 등 신체 일부를 새로 해 넣은 사람도 많고. 고통스러웠을 테고 재활도 힘들었겠지만 수술 후 삶이 훨씬 쉬워지고 나아졌다는 데 몹시 감사할 것이다.

나는 몇 년 전 백내장 수술을 받았다. 수술 전에 나는 이런 걱정을 했다.

아플까?

진정제를 맞겠지?

실명되면 어쩌지?

혼자 외롭게 수술받으러 가도 될까?

그러다 어느새 차원이 몹시 다른 존재론적 고민까지
하게 되었다.

내가 왜 '혼자' 다음에 '외롭게'라는 말을 붙였을까? 내
가 지금 외로움을 느끼나? 늘 혼자 있는 시간을 즐겼다
고 생각했는데?

높은 산에서 눈덩이가 굴러 내려오듯 머릿속에서 질
문들이 끝없이 피어올랐다. 생각은 또 다른 문제나 걱정
으로 이어졌고 그것들이 전부 모여 점점 더 불안해졌다.

친한 친구 하나가 듣기 힘들었는지 이렇게 위로해 주
었다. "정신 차려! 적어도 아이 낳는 것보다는 쉬울 거
아냐."

두려움은 누구나 결국 혼자 느낄 수밖에 없다.

그런데 내가 했던 걱정은 정말이지 아무짝에도 쓸모
가 없었다. 나는 혼자, 어쩌면 외롭게 병원에 갔다. 대기
실에 앉아 기다리다가 진정제를 맞고 수술할 눈에 약을
뿌렸다. 그게 마취의 전부였다. 그리고 약이 효과를 발휘
할 때까지 잠시 기다렸다가 수술실로 들어갔다. 수술대

위에 눕자 의사는 차분하고 유쾌한 목소리로 수술 과정을 설명해 주었다.

"지금 수정체를 제거하고 있습니다."

그 다음은,

"새로운 수정체를 삽입하고 있어요."

그리고 어쩌면….

"지금 톱으로 목을 잘라냅니다."

이제 의사는 바닥에 질질 끌릴 때까지 턱수염을 기른 채 티파니Tiffany사社의 순은 고깔모자를 쓰고 자기 귀를 빙빙 돌리고 있다. 약간의 마취제 효과가 이렇게 엄청날 수도 있다.

꼼짝 않고 누워 있는데 이제 끝났으니 대기실에 앉아 기다리라고 마침내 의사가 말했다. 대기실 창밖으로 온 세상의 모양과 색이 천천히 바뀌고 있었다. 시력이 오랫동안 천천히 나빠져 나빠진 줄도 모르고 있었는데 갑자기 모든 풍경이 다시 피어나기 시작한 것이다. 한겨울인데도 불구하고 꽃처럼! 대기실 내 맞은편에 앉은 나이 많은 여자(그 여자도 귀를 돌리는 의사 선생님을 기다리고 있는 게 틀림없다)와 리놀륨 바닥의 선명한 무늬. 그리고 창밖의 나무 위에 쌓인 눈.

　대기실에서 얼빠진 채 삼십 분이나 기다린 후에야 겨우 집에 갈 수 있었다. 눈앞은 여전히 약간 흐릿했다. 수술 후의 정상적인 과정이라고 했다. 그리고 수술 후에는 눈을 보호하기 위해 며칠 동안 선글라스를 쓸 것을 권유받았다. 흐릿한 겨울의 햇빛에 실명하게 될 것 같지는 않았지만 어쨌든 갖고 있는 것 중 가장 좋은 선글라스를 꺼내 윤이 나게 닦아놓았다. 얼른 버스를 타고 집으로 돌아가 선글라스를 끼고 외출할 것이다. 나는 색이 약간 들어간 내 큼직한 안경을 쓰고 어둑한 오후의 버스에 앉아 창밖의 밝은 세상을 바라보았다. 마치 그레타 가르보라도 된 것처럼. 게다가 그녀가 자랐던 곳도 바로 여기라니! 어쨌든 나는 혼자서 잘 수술을 받고 왔다.

　그레타 가르보처럼, 나도 혼자여서 행복했다.

집에 도착해 주위를 둘러보니 집 안의 모든 색이 다르게 보였다. 더 진했고 더 깊었다. 회색이라고 생각했던 모닝 가운은 라일락의 부드러운 보랏빛이 섞여 있었다. 얼마나 놀랍고 새로웠는지! 그리고 어찌나 신이 났는지!

나는 집 안 구석구석을 돌아다니며 모든 물건을 처음인 듯 바라보았다. 식물, 그림, 책장과 내 빨간 코트. 전부 더 선명하고 깨끗했고, 말하자면 더 행복해 보였다. 먼지를 한 겹 닦아낸 것처럼. 북유럽 늦은 오후의 우중충함 속에서도 모든 물건이 전과 다르게 생동하고 있었다.

평생 색을 쓰며 그림을 그려온 나였는데 그토록 중요한 능력, 그러니까 조금씩 결이 다른 수많은 색을 정확히 보는 능력이 그렇게 사라져 버린 걸 어떻게 몰랐을까. 완전히 새로운 힘을 얻은 듯 기쁨이 차오르고 마음이 놓였다. 영웅이라도 된 것 같았다. '원더우먼'이 비웃겠지만 어쨌든 나는 그랬다.

그리고 화장실로 가서 거울을 보았다. 그런데 세상에, 그곳에서는 조금도 즐겁지 않았다. 정확히 말하자면 실로 충격이었다.

　나도 마음은 여전히 스물다섯이다. 그런데 눈이 나빠서 그랬는지 얼굴도 아직은 쉰다섯쯤으로 보인다고 생각했다. 그랬는데 갑자기 진실이 드러난 것이다. 나한테 주름이 그렇게 많았다니! 그때는 정말 기분이 나빴지만 이 글을 쓰고 있는 여든여섯인 지금은 그때보다 주름이 더 많다. 이제 늙어 보이는 것에도 적응을 했으니 왜곡된 이미지를 지키기 위해 잘 보이는 눈을 희생할 생각은 없다. 젊어지는 다른 방법은 많다.

　많은 사람이 주름을 없앨 수 있다고 생각하는 것 같은데 내 생각은 좀 다르다. 갑자기 몇 사이즈 작아져 버린 피부에 갇혀 다른 것들이 오히려 부어 보이는 사람들을 나는 너무 많이 봤다. 성형수술은 우리를 더 젊어 보이게 만들지 않는다. 내 눈에 성형수술은 그냥 성형수술을 받았다고 보이게 만들 뿐이다. 그런 걸 원했다면 괜찮다. 나도 102살쯤 되어 눈꺼풀이 너무 처져 앞을 못 보게 된다면 마음이 바뀔지도 모르겠지만 어쨌든 지금은 그럴 것 같지 않다.

예쁘장하셨던 우리 엄마도 나이가 들면서 거울을 보며 이런 말씀을 하셨다. "얼굴이 엉망이구나!"

시어머니도 마찬가지셨다. "세상에, 관뚜껑을 열고 나온 것 같구나!" 소녀 시절, 예테보리에서 가장 예쁘다고 남자들이 줄을 섰던 분이시다. 그런데 나이가 들면서 당신의 매력이 점점 없어진다고 생각하셨다. 실상은 전혀 그렇지 않았는데 말이다. 우리 눈에는 그녀의 온화한 품격과 잘 살아온 삶이 얼굴에서 빛나고 있었다. 말이 나왔으니 말인데 그녀는 다행히 백내장 수술도 받은 적이 없다. 당신이 갑자기 할머니처럼 보인다는 사실을 알게 되었다면 아마 크게 휘청이셨을지도 모른다.

나는 운 좋게 풍성한 머리숱을 타고났는데 그래도 관리가 더 중요하다고 생각한다. 여든이 넘어가면 어떤 헤어스타일도 멋있을 수가 없다. 윤기도 없어지고 얇아지고 색도 빠진다. 하지만 당신이 나처럼 외모에 좀 신경을 쓰는 편이라면 얼굴보다 머리카락에 더 공을 들이는 게 나을 것이다.

우리 또래는 대부분 짧은 머리를 고수한다. 그게 실용적이니까. 실용성이라면 나도 적극 지지하는 바이지만 그럼에도 불구하고 실용과 상관없는 허영도 조금은 있다는 사실을 인정한다. 얼굴의 주름은 기꺼이 환영하고 심지어 사랑하지만 머리가 짧을 때의 내 얼굴 모양은 싫다. 그래서 머리는 늘 어깨까지 기른다. 감고 말리고 빗느라 손이 많이 가는 데 비해 마법처럼 완전히 달라 보이는 건 아니지만, '자고 일어난 머리'로는 절대 외출하지 않는다. 나처럼 머리숱이 많은 건 축복이지만 혹시 그렇지 않다면 하얗게 세어가는 머리카락을 풍성하게 해주는 멋진 가발이나 염색약, 헤어 팩, 컨디셔너와 트리트먼트를 활용하라. 머리숱이 많다면 머리를 기르고 멋지게 드라이하거나 컬을 넣어라. 나이와 상관없이 멋진 헤어스타일로 매력을 유지할 수 있을 것이다.

언젠가 영화를 한 편 봤는데 영화 속 한 여성이 강한 몸에 대한 자신의 열망을 얼마나 합리적으로 설명하던지. 그런데 아무리 애를 써도 영화 제목은 기억나지 않는다.

나는 내 팔과 다리는 물론 내 몸 구석구석을 살펴볼 때마다 그녀의 말을 떠올린다. 생각은 보통 이렇게 뻗어나간다. 이 몸으로 아이들을 다섯이나 낳았고 살아나오지 못한 아이도 한 명 품었지. 내 몸은 죽었다 깨어난 것과 마찬가지야. 수많은 폭풍에서 이 몸이 나를 지켜주었고 셀 수 없이 많은 케이크도 이 몸으로 구웠어. 많이 웃었고, 정원도 가꾸었고, 장갑을 꼈고, 많이 사랑받았어. 나는 그런 내 몸에 주름이 생겼다는 이유로 절대 칼을 대지 않을 거야.

백내장 수술을 받고 거울을 본 날, 그 수많은 주름이 내게는 새로웠지만 내가 아는 모든 사람은 이미 그 주름을 다 보고 있었다. 주름투성이 내 모습에 나 자신보다 더 익숙했던 것이다! 하지만 주름 때문에 나에게 불친절했던 사람은 없었고 나 역시 주름이 많은 누군가를 보며 놀랐던 적은 없다. 다른 사람이 나를 보는 데 익숙하다면 나 역시 내 자신을 보는 데 익숙해질 수 있을 것이다. 당신도 그래야 하고. 커리어나 삶의 즐거움을 외모에 의지하고 있지 않다면 말이다. 젊어 보이는 데에 자기 삶을 몽땅 거는 것은 결코 좋은 생각이 아니다.

매일 많이 웃고 최대한 즐겁게 지내려고 노력한다면 눈가의 주름 대신 기쁨의 팔자 주름이 생길 것이다. 우리를 행복하게 만들어 줄지도 모르는 그 어떤 약보다 웃는 것이 더 중요하고 아마 더 효과적일 것이다. 물론 모든 이들에게 행복하게 웃을 일만 있지는 않겠지만 말이다.

웃을 일이 좀처럼 안 생기는 따분하고 지루한 날이면 나는 언제나 나를 배꼽 잡고 웃게 만드는 한 가지 일을 떠올린다.

몇 년 전, 집에 사람들을 초대해 점심을 대접했다. 손님 중 한 명은 내가 다녔던 예술 학교 선생님이셨는데 그때도 나보다 나이가 훨씬 많으셨으니 지금은 아주 아주 나이가 많으시다. 아무튼 그날 선생님은 행복했던 추억을 다 같이 감상하자며 60여 년 전에 갔던 우리 반 스키 여행 영상을 가지고 오셨다.

선생님은 프로젝터도 함께 들고 오셨는데 안타깝게도 콘센트가 구석의 커튼 뒤, 아주 꽂기 힘든 곳에 하나밖에 없었다. 선생님은 전원을 연결하다가 실수로 벽에 머리를 박았고 그 충격으로 떨어진 커튼이 선생님을 덮쳤다. 선생님은 둘둘 말린 커튼에서 빠져나오려고 버둥거렸는데 그 위로 커튼 봉과 온갖 것들이 우당탕탕 떨어졌다. 선생님은 다치지는 않았지만 커튼에서 빠져나오려고 양 팔을 흔드는 모습이 꼭 귀신 같았고, 그 모습에 함께 학교에 다녔던 친구들은 배꼽이 빠져라 웃다가 스키 영상은 보지도 못했다. 겨우 커튼에서 꺼내드렸더니 선생님도 그 안에서 낄낄거리고 계셨다.

나는 가끔 자다가 한밤중에 깨서 커튼을 뒤집어쓴 선생님을 생각하며 큰 소리로 웃는다. 멋진 점심 만찬이었다. 그날 웃느라 생긴 주름이 분명 적어도 한두 개는 있을 것이다.

여든이 넘으면 생겨야 할 주름이 생기는 게 중요하다. 하지만 더 중요한 건 일찍부터 찡그리는 시간보다 웃는

시간을 더 많이 갖는 것이다. 웃어서 생긴 주름이 많다면
늙어 보인다기보다 그저 행복해 보일 테니까.

7 귀여운 아이들일수록
내가 대접받고 싶은 대로
대접할 것

젊은이들과 시간을 보내는 것은 나이 든 누구에게나 좋은 일이다. 그런데 그건 또 점점 쉬워진다. 나이가 들수록 주변에 젊은 사람들만 더 많아지지 않는가.

하지만 젊은 사람들 중에서도 내가 가장 좋아하는 사람들은 아주 젊은, 그러니까 여덟 살이 되기 전의 어린이들이다. 아장아장 걷는 시기는 졸업하고 그래도 문장을 연결해 대화를 나눌 수 있는 어린이들 말이다.

십 대 때 나는 절대 아이들을 낳지 않겠다고 결심했다. 이유는 모르겠다. 성가시고 징징대는 아이들을 키우는 건 시간 낭비라고 생각했던 것 같다. 하지만 그 생각이 바뀌어 얼마나 다행인지. 내가 결국 아이를 다섯이나 낳고 일곱 명의 손자를 안게 되리라고 그때는 꿈에도 생각하지 못했다.

어린이들과 이야기를 나누는 시간은 정말이지 즐겁고 풍요로운 시간이 아닐 수 없다. 아이들은 어른들이 상상할 수 없는 방식으로 세상을 바라보는 예측 불가능한 존재들이다. 아이들을 키우는 동안에도 그들의 입에서 나오는 말에 매일 놀랐던 기억이 있다.

아이들과 함께하는 여행은 특히 더 즐거웠는데 아이들은 모든 걸 때 묻지 않은 순수한 눈으로 바라보기 때문이다. 아이들의 말은 특별하고 기습적이며 가끔 몹시 웃기기도 하다.

언젠가 시어머니한테 남편 라스가 네 살 때 함께 했던 기차 여행 이야기를 들은 적이 있다. 어린 라스는 곱슬머리 천사처럼 예뻤다. 하지만 기차가 끝없이 달리기만 하자 예쁜 천사는 지겨워졌다. 똑같은 풍경만 지루하게 쳐다보며 말없이 앉아있는데 창밖으로 거대한 빨간 헛간이 지나갔다.

그 당시 시골집들은 집 안에 수도 시설이나 변기가 없는 경우가 많았다. 보통 집 밖에 작은 화장실이 있었는데, 화장실은 대부분 저렴해서 널리 쓰인 특유의 벽돌색 페인트로 칠해져 있었다. 그 시절 사람들은 나무 집보다 벽돌집이 더 멋있다고 생각했기 때문에 너도나도 나무 집에 벽돌색 페인트를 칠하는 게 유행이었다.

어쨌든 아기 라스는 야외 화장실을 본 적이 있지만 도시에서 자란 아이답게 헛간은 본 적이 없었다. 아기 라스는 헛간을 가리키며 말했다.

"우와, 엄청나게 큰 응가 집이다!"

1936년의 일이었다. 라스의 엄마는 너무 부끄러웠다. 그래서 아기 라스의 입을 다물게 하려고 가방에서 사과를 꺼내주었다. 라스는 사과를 오물오물 먹었다. 한참 후 사과가 라스의 작은 몸 안에서 장운동을 촉진했고 엄청난 방귀가 분출되었다. 라스의 엄마는 너무 부끄러웠지만 라스는 그게 뭔지도 몰랐다. 시끄러운 기차 소리를 뚫고 아기 라스가 외쳤다.

"엄마, 내 엉덩이가 기침하는 거야?"

• • • •

    내 아이들을 키울 때는 함께 시간을 보냈기 때문에 아이들이 무엇을 좋아하는지, 무엇을 잘할 수 있는지 알 수 있었다.

    하지만 다른 사람들의 아이나 손주는 그렇지 않기 때문에 돌보기가 좀 더 까다롭다. 물에 빠지지 않고 좁은 다리를 잘 건널 수 있나? 수영은 가능한가? 나무에 올랐다가 너무 높이 왔다 싶으면 다시 내려올 수 있나? 큰 무리 없이 찻길을 잘 건널 수 있나?

    스웨덴의 여름은 누구나 기다릴 만큼 사랑스럽다. 1960년대나 1970년대까지만 해도 아이들은 학교에 가기 전까지, 그러니까 일곱 살 정도까지 여름 내내 발가벗고 다녔다. 옷도 신발도 아무것도 없이. 우리처럼 시골에 살았다면 말이다.

    요즘은 다섯 살 아이를 발가벗겨 집 밖으로 내보낼 생각조차 하지 않겠지만 그때는 누구나 그랬다. 심지어 아이들이 수영복을 입고 있으면 더 이상하게 생각했다.

"도대체 왜? 뭐 숨길 거라도 있나?"

요즘은 아장아장 걷는 아기들에게도 비키니를 입힌다. 그게 자연스럽다.

우리가 미국에 처음 이사 갔을 때 여섯 살이던 막내는 그래서 수영복 입기를 거부했다. 하지만 수영복을 입지 않으면 수영장에 들어갈 수 없었다. 더운 여름이었고 수영을 하고 싶었던 막내는 결국 비키니를 입기로 했는데 한 번도 입어본 적이 없어서 입는 법을 잘 몰랐다. 줄이 계속 흘러내리고 브라가 자꾸 뒤집어졌다. 막내는 신경 쓰지 않았지만 다른 아이들이 신경을 썼다. 아이들은 막내를 놀렸고 그때부터 막내는 비키니를 몹시 싫어했다.

미국으로 이사 가기 전 해, 발가벗고 춤추기 좋아했던 바로 그 막내가 하루는 스웨덴 국영 텔레비전의 다큐멘터리를 보고 큰 인상을 받았는데 아마 발가벗고 춤추는 소녀에 대한 내용이었을 것이다. 그리고 며칠 후 남편과 나는 중요한 손님들을 초대하는 디너파티를 열었다. 칵테일을 마시며 손님들에게 우리 집 다섯 아이들을 소개했고 손님들은 통통한 다섯 살 막내에게 커서 뭐가 되고 싶은지 물었다.

"스트리퍼요."

손님들은 웃음을 터트렸고 나머지 네 아이들의 꿈이 무엇인지도 듣고 싶어 했다. 모두 텔레비전에 빠져 있는 아이들처럼 보였을 것이다. 심지어 우리 집 텔레비전에는 채널이 하나밖에 없었는데도 말이다.

아들 하나는 하루 종일 침대에 누워 아무것도 하지 않으며 유니폼을 입은 멋진 여성들의 시중을 받는 사람이 나오는 프로그램을 보았던 게 틀림없었다.

"그럼 우리 젊은 청년은 무엇이 되고 싶은가?"

"환자요."

이제는 손주들까지 모두 다 컸다. 요즘은 재밌는 말들을 불쑥 내뱉진 않지만 그 젊은 청년들과 시간을 보내는 건 여전히 멋진 일이다. 그들이 들려주는 이야기는 언제나 흥미롭다. 학교에 대해, 직장에 대해, 파티와 취미, 친구들에 대해, 자신의 걱정과 기쁨, 미래에 대한 계획과 꿈에 대한 이야기들 말이다.

당신은 주변의 젊은 사람들과 어떻게 관계 맺고 있는가?

아주 중요한 규칙이 하나 있다. 바로 당신이 대접받고

싶은 대로 그들을 대접하는 것이다.

어딘가에서 주워들은 말인데 정말 맞는 말이다.

무릎이 아프다고 또 징징대지 말라. 자주 전화하지 않는다고 죄책감을 느끼게 하지 마라.

그저 질문하라. 그리고 들어라. 관심이 없더라도 있는 척해라.

배부르게 먹이고, 가서 삶을 즐기라고 말해주어라.

그러면 그들은 계속 전화하고 당신을 찾아올 것이다.

당신이 있는 곳을 좋은 곳으로 여길 것이다. 당신이 그들의 부모보다 내어줄 시간이 많다면 특히 더.

8 무슨 수를 써서든 피해야 할 일

눈과 귀는 물론 우리의 모든 장기는 당연히 오래 쓰면 닳는다. 나는 눈에 띄게 느려졌고 자연스러운 속도 이상으로 움직이려면 몹시 피곤해져서 가끔 쉬어줘야 했다. 그러니 평균 속도는 결국 제자리나 마찬가지였다.

나가서 걷다가 갑자기 피곤해지면 보통은 잠시 쉬면서 구경할 거리를 찾아본다. 놀이터에서 모래성을 만드는 아이들, 꽃이 만발한 나무, 근처에서 종종거리는 까치 등을 구경하며 잠시 숨을 고르고 다시 걷기 시작한다.

나는 지혜로운 주변인들과 아이들의 말을 듣고 집 안

문턱이나 작은 러그 등 걸려 넘어지거나 미끄러질 수 있는 모든 것을 치웠다. 그런데도 몇 달 전에 넘어져 버리고 말았다. 철퍼덕! 정신을 차려 보니 바닥에 얼굴을 박고 엎드려 있는 것이다. 그럴 생각이 전혀 없었는데 말이다.

당연히 아팠다. 그런데 일어날 수가 없었다. 손목에 도움을 요청할 수 있는 알람 버튼을 차고 있었는데 누르지 않았다. 금방 괜찮아질 거라고 생각한 것이다. 내일이면 말짱해질 것이다. 그래서 몸을 질질 끌고 침대로 기어올라갔다. 하지만 몇 시간이 지나도 전혀 차도가 없었다. 결국 손목의 알람 버튼을 눌렀다. 곧 알람 버튼 보급 사무소의 젊은 남자가 연결되었고 그는 구급차를 불렀으니 금방 나를 데리러 오겠다고 했다. 그리고 끝없는 기다림이 시작되는데….

아무래도 구급차가 한 대도 없는 것 같았다.

첫째 요한이 두 살이던 어느 겨울밤, 아이가 곤히 자고 있을 때 남편과 나는 요한을 위한 영화를 만들어 크리스마스이브에 상영해 보자는 데 생각을 모았다. 집 안 장난감들이 주인공이었다. 영화 제목은 남편이 아직도 간직하고 있던 어릴 적 곰 인형에서 영감을 받아〈낡은 곰 인형〉이 되었다.

오프닝은 낡은 곰 인형이 책장에 앉아 자신의 존재에 대해 고민하는 장면이다. 그러다 갑자기 옆에서 뭔가를 느낀 곰 인형은 고개를 돌리다가 균형을 잃고 바닥으로 떨어진다. 쿵! 그리고 꼼짝하지 못한다. 각종 선과 테이프를 이용해 우리는 장난감 트럭이 불쌍한 낡은 곰 인형을 돕기 위해 부리나케 달려오는 장면을 연출했다. 우리 집에는 마침 디즈니의〈레이디와 트램프〉에 나오는 레이디 같은 귀여운 코커스패니얼 강아지 인형도 있었다. 그래서 그녀에게 간호사 역할을 맡겼고 각종 선과 인내심의 도움으로 간호사가 낡은 곰 인형을 트럭에 실을 수 있게 만들었다. 그리고 그들은 화면 바깥의 부엌 쪽에 있는 상상 속 병원으로 사라졌다.

낡은 곰 인형은 기운을 차렸고 건강해졌으며 간호해 주던 레이디 강아지와 사랑에 빠졌다. 해피 엔딩이었다. 새벽까지 몇 시간 동안 그 영화를 만들며 우리는 배꼽을 잡고 웃었다. 말하자면 초기 형태의 자체 제작 스톱 모션이었는데 우리가 낄낄거리는 소리가 얼마나 많은 장면에 끼어들었는지 모른다. 그리고 아기 요한에게 그 영화를 보여주는 영상도 찍었다. 요한은 장난감들이 움직이는 모습에 혼란스러워했다. 영화는 매년 크리스마스에 상영되었고 동생들은 큰형이 당황한 표정으로 뒤뚱뒤뚱 걸어 다니는 모습을 보며 즐거워했다.

이 모든 생각이 그 낡은 곰 인형처럼 바닥에 머리를 박고 넘어진 순간 떠오른 것이다. 비록 사랑에 빠질 간호사는 없었고 나를 데리러 와 준 구급차는 훨씬 좋았지만 말이다.

내가 넘어진 때는 팬데믹이 막 시작되던 2020년 3월 초였다. 모든 사람이 잠재적 코로나바이러스 보균자였다. 누구든 기침만으로 나를 죽일 수 있었다. 간병인도, 방문객도, 넘어져 다친 노인을 도와주러 올 손길도 없었다. 의료계는 뒤집어졌다. 그 망할 바이러스에 대해 잘 아는 사람이 아무도 없었다. 나는 근처에 살고 있던 막내딸에게 전화를 했다. 막내는 우리 집 앞에서 네 시간이나 기다린 후에야 응급 구조사들을 겨우 집 안으로 들여보낼 수 있었다.

나는 큰 병원에 잠시 머물렀다가 그나마 코로나바이러스로부터 자유로울 것 같은 도시 외곽의 멋진 병원으로 이송되었다. 거대한 병실의 네 귀퉁이에 침대가 하나씩 멀찍이 놓여 있었다. 나는 넘어지면서 골반뼈가 두 군데나 부러져 조금도 움직일 수 없었다. 직원들은 내가 샤워를 하고 물리 치료를 받을 수 있도록 도와주었다. 담당 의사도 친절해서 그랬는지 이미 다 나은 느낌이었지만 그래도 감사하게 일주일은 입원해 있으라고 했다. 그런데 갑자기 다른 의사가 나타나 치료 계획을 바꿔 나를 퇴원시키기로 결정했다. 다른 환자들을 위한 병실이 필요했던 걸까? 말을 안 해 주니 알 수 없는 노릇이었지만.

어쨌든 퇴원하라는 말은 충격이었다. 그 작고 멋진 병원에서 내가 느꼈던 위로와 친절, 보호받고 있다는 마음이 한순간에 사라져 버린 것이다.

그들은 나를 집으로 데려와 침대에 눕혔다. 돌봐 줄 가족도 없는데 나 혼자 지낼 수도 없었다. 이번에도 막내딸이 없는 시간을 쪼개 간호사 노릇을 해주었다. 맡은 프로젝트가 한창이었음에도 불구하고 쇼핑이나 요리 등 본인이 할 수 있는 모든 일을 해주었다. 가만히 누워 있을 수밖에 없는 엄마를 위해서.

누워서 물을 마셔본 적이 있는가? 절대 권하지 않는다. 갑자기 빨대를 파는 곳이 다 사라져 버린 것 같았다. 많은 가게들이 환경을 보호한다며 '플라스틱 안 쓰기 운동'에 갑작스레 동참하고 있었다. 막내는 햄버거 가게에서 겨우 빨대 하나를 얻어올 수 있었다.

어쨌든 계속 그렇게 지낼 수는 없었다. 나는 불만투성이 환자가 되었고 상태도 나아지는 것 같지 않았다. 골반이 부러져 화장실에 가려고 일어나는 것조차 고통스럽고 힘든 일이 되었다. 답이 보이지 않았다. 딸은 있는 힘껏 나를 도와주었다. 물론 집에서 의학적 도움을 받을 수도 있었지만 하필 팬데믹이었다. 많은 사람이 내 집을 들락날락하는 건 달갑지 않았다.

마침 친구 하나가 수술을 받은 후 오랫동안 재활 병원

에서 지내고 있었다. 입원비가 어마어마했는데 스웨덴의 후한 건강보험으로도 해결되는 곳이 아니었다.

그래서 나는 일본과 아랍 에미리트, 포르투갈에서 조금 도움을 받기로 했다. 도대체 무슨 소리냐고? 내가 이 나이에 사악한 국제 범죄 조직의 구성원일 리는 없다는 사실만 알아두시길.

사실 데스클리닝에 대한 책을 출간한 후 의외로 많은 나라에서 그 책에 흥미를 보였다. 깜짝 놀란 전 세계의 출판업자들이 자국에서도 그 책을 출간하겠다고 너도나도 권리를 사 갔다. 상금처럼 받은 그 계약금들은 내가 죽은 후 아이들이 사용할 수 있도록 은행에 잘 모셔놓았다. 그런데 죽기도 전에 나를 좀 보살피는 데 그 돈을 써야 할 때가 온 것이다. 아이들에게 물려주려고 했던 돈을 쓴다는 생각에 미안했지만 괜히 나를 돌보느라 아이들을 지치게 만들지 않으려면 그 돈을 쓰는 수밖에 없었다.

앞서 언급했던 막내딸이자 간호사가 나를 데려가 두 발로 서게 만들어 줄 수 있는지 확인하려고 재활 병원에 연락을 했다. 그들이 두말없이 나를 환영해 주어서 얼마나 마음이 놓였는지 모른다. 딸은 타고 갈 차를 준비하고 옷과 세면도구, 약을 챙겨주었다. 가장 간단한 일조차 스스로 해결할 수 없는 상태는 얼마나 좌절스러운지 모른다. 가까운 사람들 모두에게 미안한 마음이 든다.

처음에는 한없이 침대에 누워 있었다. 모두 친절하고 다정했으며 하루 종일 내게 필요한 모든 것을 챙겨주었다. 바닥에 떨어뜨린 약을 주워 주고 다리 밑에 베개를 놓아주고 휴대 전화를 충전해주고 물 마시는 것도 도와주었다.

며칠이 지나자 혼자서도 물리 치료실에 갈 수 있었다. 나는 살면서 많은 물리 치료사들을 만났다. 물리 치료사들은 보통 꼼짝 않고 누워 있으면 저절로 나을 것만 같은 기분이 드는 이른 아침부터 찾아온다. 병원에 입원해 있다면 물리 치료사와 함께 긴 복도를 걸어야 한다. 그런 복도를 왔다 갔다 몇 번씩 왕복한다. 가끔 그 다정한 물리 치료사 부대들이 지겨워지기도 하지만 나는 결국 그들에게 감사하고 그들을 사랑하게 되었다. 그들은 내가 다시 일어설 수 있도록 최선을 다해주었다. 환자들이 제발 그만 좀 괴롭히라고 소리치고 싶어 한다는 걸 알면서도 그들은 우리가 아주 잘하고 있다고 늘 꾹 참으며 명랑하게 말해주었다. 그들이 없었다면 우리는 결코 회복하지 못했을 것이고, 그들이 없었다면 우리는 그냥 포기하고 어느 날 갑자기 죽어버렸을지도 모른다.

나는 잘 회복해 집으로 돌아와 보행 보조기를 사용하고 있다. 다행히 재활 병원에 오래 머물지는 않아서 아이들에게 물려줄 나의 국제 범죄 조직 활동비도 아직 남아 있다.

보행 보조기가 있어서 정말 다행이고 그것만 있으면 집 안 구석구석 못 갈 곳이 없다. 그런데 믿기 힘들겠지만 나는 가끔 방 두 개짜리 아파트에서 보행 보조기를 어디다 두었는지 깜빡하기도 한다. 그럴 때면 잠시 불안해지기도 하지만 그건 동시에 내가 많이 나아졌다는 뜻이기도 하다. 보조기 없이도 충분히 부엌으로 갈 수 있었으니 깜빡하고 온 것이 아니겠는가.

나는 보행 보조기에 작고 귀여운 바구니를 하나 달았는데 그 바구니에는 내가 여기서 저기로 옮기려고 했던 물건들이 가득 담겨 있다. 가끔 내 작은 아파트가 거대한 바다처럼 넓어 보이고 그 작은 바구니는 내 소중한 물건

들을 바다 건너 다른 대륙, 그러니까 다른 방으로 날라주
는 화물선 같다고 느낀다. 그런데 도착한 곳에 화물을 내
리는 걸 종종 까먹기 때문에 조만간 데스클리닝 해야 할
곳이 하나 더 생길지도 모르겠다. 바로 내 보행 보조기
바구니!

　보조기에는 작은 쟁반 같은 것도 달려 있어서 음식과
음료를 올려놓는 이동식 테이블로도 쓸 수 있다. 눈을 감
으면 내가 사랑하는 사람들과 남중국해에서 요트를 타
며 술과 안주를 즐기고 있다고 상상할 수도 있다. 물론
해적들과 그들의 저주는 사양하지만.

나는 내 보행 보조기를 더 이상 내 곁에 없는 남편 이름을 따 라스 해럴드라고 부른다. 보조기는 남편이 그랬던 것처럼 나를 지지해 주고 보호해 준다. 친구 하나는 처음 보는 사람을 만날 때마다 자기 보행 보조기를 자신의 가장 친한 친구라고 소개한다. 또 다른 친구는 보조기 없이 살 수 있을 정도로 상태가 나아지지 않는다며 십 년째 화를 내고 있다.

보행 보조기를 사용하는 친구들이나 내 또래를 처음 봤을 때는 사실 굳이 그게 필요할까 싶었고 너무 일찍부터 보조기에 의지해 사는 건 아닌가 걱정도 들었다. 하지만 막상 내가 넘어져 보니 그게 아니었다!

여든이 넘었다면 혹은 그보다 젊지만 균형 잡기가 약간이라도 어렵다면 보행 보조기를 사용하라. 여든이 넘으면 넘어져서는 안 되기 때문이다. 그 나이에 넘어지면 회복이 너무 어렵다. 괜히 그런 고생을 사서 할 필요는 없지 않은가.

보행 보조기가 얼마나 중요한지 아직도 잘 모르겠다면, 종종 위험할지도 모르는 딩신의 생활 공간 가까이에 멋지고 단단한 지팡이라도 하나 마련해 두어라. 긴 커튼이, 어쩌면 해적이 어디서 기다리고 있다가 당신에게 발을 걸지도 모르지 않은가.

9 돌봄은 매일매일

우리 가족은 늘 동물을 키웠다. 고양이, 강아지, 새, 물고기, 생쥐까지. 아들 하나는 대학에 다닐 때 심지어 뱀도 키웠다. 그 애는 오랫동안 수의사가 되겠다고 하더니 지금은 열혈 사냥꾼이 되어 유럽 전역에서 야생 멧돼지를 잡아 냉동하는 일을 한다. 동물은 우리에게 다양한 기쁨을 선사한다.

그런데 지금은 몇 년째 어떤 반려동물도 없이 살고 있다. 반려동물이 없으니 집이 텅 빈 것 같다는 말을 실감하는 중이다.

하지만 폭우가 쏟아질 때 도시에서 하루에 몇 번씩 개를 산책시키는 건 쉬운 일이 아니다. 자연을 거니는 게 날씨에 상관없이 즐거웠던 시골에 살 때와는 다르다.

시골에 살 때 우리 고양이 꼬망이와 덜렁이는 집 앞 길가에 있는 우편함에 우편물을 가지러 갈 때마다 나를 따라나섰다. 버섯을 따러 갈 때 따라오기도 했다. 고양이들은 꼬리를 곧게 치켜들고 우아하게 나를 따라 걸었다.

집 안에 사는 도시 고양이들은 깔끔하고 포근하다. 하지만 집 안에서만 지내야 한다. 고양이들이 꼬리를 치켜세우고 슈퍼마켓에 따라오는 모습은 상상이 되지 않는다. 거리를 탐험하다가 영영 돌아오지 않을까 걱정도 될 것이다. 그럼 목줄을 걸어 데리고 다녀야 할까? 하지만 목줄을 한 고양이는 약간 어색한 느낌이다.

　다시 도시로 돌아와 살면서 나는 고양이 기르기의 장단점을 여러 번 따져보았다. 고양이는 다정하고 귀여워 반려동물로 손색이 없다. 한번은 생각이 꼬리에 꼬리를 물다가 아기 고양이에게 지어줄 이름까지 정하기도 했다. 털이 보송보송하고 몸을 동그랗게 말기 좋아하는 느림보 고양이라면 캐터필러*caterpillar*(애벌레)라고 부르겠다고. 약간 고집이 있는 고양이라면 도그마*dogma*도 좋겠고. 오래전에 이름이 리틀캣이던 고양이 한 마리를 길렀다. 리틀캣이 새끼들을 낳았고 그중에서 가장 폭신한 한 마리를 같이 키웠는데, 그 고양이는 꼭 작은 솜뭉치 같아서 보송이라고 불렀다. 리틀캣이 무지개다리를 건너자 남편과 나는 우리 집 마당의 멋진 소나무 그늘 아래 리틀캣을 묻어주었다. 슬펐고 보고 싶었다. 보송이는 더 슬펐는지 매일 엄마 무덤 앞에 오래 웅크려 있었다.

　나이가 많고 특히 혼자 산다면 자기 자신 말고 돌볼 수 있는 존재가 있으면 좋다. 건강하다고 해도 사신을 돌보는 데에는 시간이 많이 든다. 우리는 천천히 움직이니까.

식사를 준비하다 보면 하루가 다 가는 느낌이다. 커피와 샌드위치, 혹은 케이크 같은 간단한 간식을 준비하는 것도 만만치 않은 일이다. 옷을 입고 머리를 빗다 보면 오전이 다 가 있고 외출 준비를 마쳤다고 고마워할 사람도 없다. 내가 나 자신한테 고마워할 수는 있겠지만.

하지만 반려동물을 다정하게 돌보고 먹이는 건 살아 있는 다른 존재와 연결되는 일이다. 반려동물도 고맙다는 말은 안 해 주겠지만 그래도 우리 품에 와서 안긴다. 자신이 아닌 다른 존재에게 친절을 베푸는 건 기분 좋은 일이며 그 존재가 매일 자라는 모습을 지켜보는 것도 큰 보람이다.

그래서 나는 내 무릎에서 자는 작은 고양이를 돌보는 상상을 한다. 무거운 사료를 나르고 고양이 화장실을 치워야 한다는 사실은 상상 속에서도 자꾸 잊어버리지만.

아무리 작은 고양이라도 기르는 데 커다란 책임이 필요하다는 사실을 잘 알고 있다. 그리고 내가 더 이상 고양이를 돌보지 못하게 될 경우에 대해서도 계속 생각한다. 나 대신 고양이를 먹이고 돌봐줄 다른 사람을 구해야겠지.

아기 고양이 이름 지어주는 상상만 계속하며 시간을 끌다가 이제는 고양이와 함께 살기에는 너무 늦어버렸다. 당연히 내가 고양이보다 먼저 세상을 떠나겠지. 그렇지 않더라도 혹시 며칠 입원을 하거나 신이 나서 아이들을 만나러 잠시 떠나게 되면 누가 우리 캐터필러를 돌봐줄까?

가끔 고양이 말고 다른 동물을 키워보면 어떨까 하고 가족들에게 실없는 소리를 하기도 한다. 물고기 아니면 낙지? 하지만 수족관에도 손이 많이 가고 우리 집에는 그만한 공간도 없다. 또 문어는 탈출 전문가라는 말을 들었다. 어디서든 탈출할 수 있다면 느릿느릿 움직이는 여든여섯 할머니의 집에서도 분명 탈출할 수 있을 것이다. 그럼 햄스터? 애완용 쥐? 앵무새? 잉꼬? 그런데 내가 지금 무슨 소리를 하고 있는 거지? 고양이를 돌볼 수 없다면 다른 동물을 들이는 것도 미친 짓일 것이다.

그렇다면 나는 나 말고 또 뭘 돌볼 수 있을까? 언젠가 노인들에게 식물을 돌보게 하는 요양원에 대한 글을 읽은 적이 있다. 매일 물을 주며 돌봐야 할 식물이 있는 노인들이 더 오래 살았다고 한다.(연구 결과를 읽으며 나는 그 실험을 고안한 과학자들이 누군지 궁금했다. 식물을 받지 못한 노인들은 그 덕분에 수명이 단축되었다는 사실을 알았을까?)

경험상 나도 그 실험 결과가 맞다고 생각한다. 나는 늘 정원을 돌보았고, 얼른 봄이 와서 아파트의 작은 발코니에 나가 식물을 돌봤으면 싶고, 거실 창 옆에도 몇 개의 화분을 두었다. 매일 물을 줄 필요는 없지만 날마다 살피며 필요하면 물을 준다. 가지를 치거나 병든 잎사귀를 잘라내기도 한다. 간혹 오늘 아침 기분은 어떤지 식물들에게 말을 걸기도 한다. 그리고 식물들의 미세한 변화도 잘 알아챈다.

내가 집 안에서 움직이는 속도가 있으니 식물에 물만 주려고 해도 오랜 시간이 걸린다. 하지만 너무 애처롭게 바라볼 필요는 없다. 식물을 돌보는 매일의 사소한 루틴이 나는 너무 좋으니까. 하루하루 내가 살아 있고 식물들이 살아 있다는 사실이 경이롭다.

내가 세상을 떠나면 누가 내 식물들을 돌봐주지?

아직 모르겠지만 매우 사랑스러운 아이들이니 분명 누군가 데려갈 것이다.

그러기 전까지 나는 매일 기쁘게 내 식물들을 돌볼 테다. 아무리 사소해도 기대할 일이 있다는 건, 자신 말고 돌봐야 할 다른 존재가 있다는 건 나이와 상관없이 몹시 중요한 일이다.

카트만두라는 고양이는 키울 수 없지만 안니-프리드 *Anni-Frid*(스웨덴의 가수-편집자)라는 양치식물이 있어서 나는 행복하다.

10 마음을
      활짝 열면

나는 변화를 싫어한다.

　내가 어렸을 때는 이불 커버 위쪽에 구멍이 있어서 그 구멍에 손을 넣고 이불속 양 끝을 잡으면 커버를 쉽게 씌울 수 있었다. 어떤 이유에선지 요즘은 이불 커버에 그런 구멍이 없어져서 이불 커버를 바꾸는 게 몹시 성가신 일이 되었다. 그런 상태로 50년 전에 그랬던 것처럼 가족들의 이불 커버 일곱 채를 한꺼번에 바꿔야 했다면 내 정신은 아마 제대로 붙어있지 못했을 것이다. 요즘도 이불 커버를 구입할 때 나는 옛날 방식으로 구멍이 있는 커버를 찾는다. 옛날 커버에는 쓸데없는 단추 같은 것도 달려 있지 않았다.

나는 변화가 너무 좋다.

요즘 나오는 생리대를 보고 얼마나 놀랐는지! 여러 번 사용할 수 있는 생리컵도 여기저기서 무료로 제공해 생리대나 탐폰을 구할 수 없거나 물이 부족한 나라 여성들의 삶이 더 쉬워졌고 쓰레기도 줄었다. 요즘 생리대들이란! 마침내 여성들이 직접 제작에 나선 것이겠지. 새지도 않고 향기도 나고 친환경적인데다가 날개까지 달렸다. 이 정도면 다시 젊어져도 괜찮겠어!

짜증 나는 변화도 있지만 대부분의 변화는 그렇지 않다. 중요한 것은 마음을 여는 것이다. 나이가 들수록 주변의 모든 것이 더 빨리 변하는 듯 느껴질 것이다. 점점 더 빨리.

심지어 시간마저 더 빨리 흐르는 듯하다. 이런 웃긴 말도 있지 않은가. "나이가 들수록 15분마다 아침을 먹는 기분이 들 것이다." 쏜살같은 시간 때문에 생긴 주름도 있겠지만 저 말 때문에 웃느라 팔자 주름이 아마 더 진해졌을 것이다.

우리 아들 토마스는 십 대 때 클라리넷을 연주하고 싶어 했다. 남편과 나는 이것저것 따져보았다. 바로 나가서 클라리넷을 살 수는 없는 노릇이지 않은가. 아이들은 변덕스러워서 다음 날이면 바이올린이나 하프를 연주하고 싶어 할지도 모르니까. 게다가 초보자의 클라리넷 연주 소리는 또 얼마나 끔찍할 것인가. 모든 가족이 귀마개를 해야 할지도 몰랐다.

하지만 토마스는 뜻을 굽히지 않았고 클라리넷을 대여할 수 있는 악기점을 찾았다. 대여는 악기를 할부로 사는 것이나 마찬가지여서 언젠가 자기 것이 되는 방식이었다. 계속 연주하기만 한다면 말이다.

관악기 연주는 쉽지 않은 편이다. 소리를 내는 것 자체가 몹시 고될 수 있다. 토마스는 얼굴이 파래질 때까지 클라리넷을 불고 또 불었다. 마침내 토마스가 대여해 온 클라리넷에서 소리가 나기 시작했다. 그러자 기대감에 차서 옆에 앉아 있던 토마스의 바셋하운드 재스퍼가 겁에 질린 표정을 지었다. 소리가 전혀 아름답지 않았다. 재스퍼는 괴롭다는 듯 제 목소리를 더했다. 마치 음치에 박치인 사람들이 만든 재즈 콤보라도 되는 것처럼.

아우아우와우!!!

토마스가 클라리넷을 연습할 때마다 재스퍼도 함께했다. 클라리넷에 대한 토마스의 열정은 우리가 생각했던 것보다 훨씬 지독했다. 우리는 클라리넷 소리뿐만 아니라 괴로워하는 재스퍼의 소리로도 고통받아야 했다.

어느 날 시끄러운 소리가 점점 커지고 있을 때 나는 아래층 부엌에서 우리 가족이 가장 좋아하는 수프인 클램 차우더를 만들고 있었다. 우리는 메릴랜드주에서도 스웨덴식으로 목요일마다 수프와 팬케이크를 먹었다. 클램 차우더 레시피는 메릴랜드주의 아나폴리스로 이사했을 때 우리를 환영한다고 거대한 냄비에 클램 차우더를 가득 해다 준 이웃에게 배운 것이었다. 얼마나 고마웠는지! 다들 조금씩 향수병을 느끼고 있었을 때여서 스웨덴에서 먹던 생선 수프와 비슷한 클램 차우더가 더 반가웠다.

작은 식물이나 맛있는 쿠키를 가져온 이웃도 있었다. 그 당시 스웨덴에는 초코칩 쿠키가 없었는데 그건 다른 세계에서 온 천상의 맛이었다. 음식을 해 온 이웃들 덕분에 새로운 곳에도 친구가 있다고 느낄 수 있었다. 미국뿐 아니라 전 세계에서 동네에 이민자들이 섞여드는 걸 싫어하는 요즘과는 다르게 말이다.

어쨌든 부엌에서 차우더를 젓고 있었는데 갑자기 이상한 소리가 들렸다. 2층에서 들리는 소리 같았다. 자세히 들어 보니 소리는 점점 커지다가 또 작아졌다. 분명 파이프에 문제가 있는 것 같아서 나는 배관공에게 전화를 하고 어디서 소리가 나는지 보러 2층으로 올라갔다. 숨을 참고 들어보니 파이프가 아니었다. 토마스의 클라리넷 연주가 새로운 단계에 접어든 것이었다. 토마스(와 재스퍼)는 더 이상 음치 합주단이 아니었다. 합주단은 이제 유령의 집 안에 있는 망가진 파이프 소리를 내고 있었다. 나는 허둥지둥 아래층으로 내려가 배관공에게 오지 말라고 다시 전화했다.

남편과 나는 평생 이런 소리를 들으며 살아야 할지도

모른다는 생각에 덜컥 겁이 났다. 클라리넷을 계속하는 건 아닌 것 같다고 토마스와 이야기를 나눠야 할까? 연주를 금지할까? 아니, 그럴 수는 없었다. 우리는 마음이 열린 사람들이었으니까. 아이들은 배우면서 자라야 하니까. 지금도 나는 다른 아이들이 갑자기 새로운 것에 흥미를 보였을 때만큼 토마스를 응원해 주지 못한 것 같아서 약간의 죄책감을 느낀다.

토마스가 악기 연주를 포기하고 미식축구를 시작하자 다들 행복해했다. 축구 장비 역시 대여한 것들이었다. 클라리넷을 악기점에 반납하면서 그 불협화음을 더 이상 안 들어도 된다고 생각하니 그렇게 행복할 수가 없었다.

다음으로는 딸 앤이 승마를 배우고 싶어 했다. 앤은 우리 집에서 멀지 않은 리틀헤일스라는 목장을 찾았다. 그리고 자신의 꿈을 실현시켜 줄 사람이 있는지 보기 위해 자전거를 타고 목장을 찾아갔다.

십 대에 접어들기 직전의 여자아이가 승마를 배우고 싶어 한다면 그 생각은 빠른 시일 내에 사그라들지 않을 거라는 사실을 알아두는 편이 좋을 것이다.

　목장 탐험을 마치고 돌아온 앤의 얼굴에는 화색이 돌고 있었다. 목장에서 승마를 배울 수 있을 뿐만 아니라 남는 시간에 목장에 와서 일손을 도와도 된다고 했단다. 열심히 일하면 보상으로 말을 더 태워주겠다고. 아, 그런 공짜 노동의 아름다움이 바로 미국의 정수였던가. 심지어 여동생을 데려와도 좋다고 했단다. 목장에는 동생이 탈 만한 피넛이라는 작은 셰틀랜드포니도 있었다.

　동생 제인은 말에 관심도 없었지만 어쨌든 마음속 깊이 동경하는 언니를 따라 기꺼이 목장에 갔다.

　하지만 안타깝게도 피넛은 바로 제인을 내동댕이쳐버렸다. 사람을 태우는 것에 아직 익숙하지 않아서 그랬을까? 아니면 그날 기분이 별로였을까? 안장판이 너무 빡빡했을까? 이유가 무엇이든 제인은 작은 헬멧을 썼는데도 가벼운 뇌진탕 증세를 보였다.

그리고 무섭고 창피했는지 그 뒤로 한 번도 말을 타지 않았다.

그 일만 빼면 리틀헤일스 목장 부인은 훌륭한 승마 선생님이었다. 앤은 승마를 즐기며 새로운 나라에 점점 적응해 갔다. 리틀헤일스 부인은 말 타는 방법도 가르쳤지만 말을 돌보고 마구를 비롯한 각종 장비를 관리하는 방법도 가르쳤다. 그리고 아이들의 공짜 노동에 정말로 보상을 해주었다. 앤은 더 오랜 시간 안장에 앉아 있을 수 있었다.

어느새 앤은 목장에서 대부분의 시간을 보내게 되었다. 앤은 말을 손질하고 발굽을 닦고 갈기를 땋았다. 목장 청소도 하고 가끔 목장 안으로 건초 더미를 옮기는 작은 트랙터도 운전해 볼 수 있었다. 앤은 새로운 취미로 몹시 행복했다. 하지만 나는 언제나 걱정이 태산이었다.

말은 거대하다. 말이 사람을 내던지면 목이나 허리, 다리가 부러질지도 모른다. 뒷발에 맞으면 영구 손상을 입을 수도 있다. 하지만 딸이 사랑하는 말타기를 못 하게 할 수는 없었디. 그래서 나는 앤의 십 대 시절 내내 한시도 걱정을 내려놓을 수 없었다.

돌이켜보면 나쁜 일은 일어나지 않았다. 앤은 다치지 않고 오랫동안 열정적으로 말을 탔다.

그랬던 앤이 성인이 되어 스웨덴에 돌아와 말을 타다가 한 번 떨어진 적이 있다. 다치지는 않았지만 그 후로 말을 타지 않는다. 덕분에 나도 걱정할 필요가 없어졌다. 감사한 일이다.

1970년대는 헬멧 등의 각종 보호 장비가 열악하기 짝이 없었다. 지금 손녀들이 말을 탈 때 쓰는 장비를 보면 그 사이의 변화가 얼마나 감사한지 모른다. 머리에는 오토바이 헬멧처럼 튼튼한 걸 쓰고 허리 지지대와 다리 보호대도 착용한다. 승마는 여전히 위험한 취미지만 사람들이 적어도 그 위험성을 인지하게는 된 것 같다. 변화와 발전은 이런 면에서 훌륭하다.

승마를 즐기기에는 옛 시절이 더 나았다고 말하려는 건 절대 아니다. 그보다 나는 적절한 보호 장비 없이 아이들이 말을 타게 두었다는 사실이 약간 부끄럽다. 아이들을 목장에 보내는 건 쉬운 일이 아니었다. 아이들이 말똥 냄새를 묻히고 집으로 돌아오는 것도 고역이었다. 하지만 늘 마음을 열려고 노력했다. 그때도, 그리고 지금도.

싱가포르에 살 때 딸 제인이 성경 공부 모임에 들어가고 싶어 했다. 반 친구들 몇 명이 이미 참여하고 있었고 그중 한 명의 엄마가 이끄는 모임이었다. 유쾌하고 다정한 친구들이었고 제인도 그들을 몹시 좋아했다. 우리 가족 중에는 예수님에 대해 뭐라도 한마디 해 줄 사람이 없었으니 제인도 재미있어 할 것 같았다.

나는 일주일에 한 번 제인을 성경 공부 모임에 데려다주었다. 아이들은 예수님에 대해 토론하며 아주 즐거운 시간을 보내는 듯했다.

몇 달 후, 모임을 이끄는 엄마가 제인이 세례를 받아도 되겠는지 물었다.

나는 대답했다.

"제인은 이미 세례를 받았답니다."

"알아요. 하지만 그때는 아직 아기였고 스스로 선택한

것이 아니었잖아요."

맞는 말이었다.

그래서 나는 제인에게 생각을 물었다. 제인도 간절히 세례를 받고 싶어 했다. 아나폴리스에 살 때 작은 계곡에서 세례를 받는 사람들을 본 적이 있었다. 약간 이상해 보였지만 위험해 보이지는 않았다.

세례식은 한 친구의 집에서 진행될 예정이었는데 그 집에 커다란 수영장이 있었기 때문이다. 세례식은 마치 칵테일 파티처럼 준비되었다. 물론 칵테일 대신 과일 주스를 마셨지만. 손님들도 모두 멋지게 차려입고 한데 뒤섞여 이야기를 나누었다. 수영장 가장자리에서 알록달록한 깃털이 달린 거대한 앵무새가 이리저리 걸어 다녔다. 앵무새 다리에 체인이 달려 덜그럭거리고 있었다. 앵무새는 1분에 한 번씩 쉰 소리로 말했다.

"안녕. 안녕. 조용히 해!"

나는 잠자코 있었지만 내가 마치 페데리코 펠리니 *Federico Fellini*(20세기 가장 영향력 있는 감독 중 한 명으로 여겨지는 이탈리아의 영화감독-옮긴이) 영화의 한 장면에 들어와 있는 것 같았다. 데이비드 린치*David Lynch*가 아직 데뷔

작을 발표하기 전이었다.

곧 림 목사님이 세례를 받을 사람들과 함께 도착했다. 스웨덴어에서 '림*lim*'이라는 말에는 '풀'이라는 뜻이 있다. 나는 풀 목사님이 여기저기에 달라붙거나 혹시 시간이 남으면 신성한 손놀림으로 깨진 도자기를 다시 붙여줄지도 모른다고 상상하며 혼자 즐거워했다. 그가 인간의 영혼은 물론 인간의 물건들도 고쳐줄지 누가 알겠는가.

풀 목사님 그리고 곧 세례를 받을 사람들은 길고 흰 가운을 입고 있었다. 그들은 가운을 걸친 채 수영장으로 아주 천천히 조심스럽게 들어갔다. 그런데 그 성스러운 가운의 천이 너무 두꺼워서 물속에서 공기가 빠져나오는데 조금 시간이 걸렸다. 그동안 물속의 사람들은 커다란

흰 풍선들 같았다.

흰 풍선들이 물속으로 가라앉고 제인도 물속에 잠겨 있던 그 성스러운 순간, 나는 제인의 미소를 본 것 같았다. 어쩌면 제인은 풀 선생님과 함께 흰 풍선을 입고 앵무새가 걸어다니는 수영장에 들어가고 외국에서 온 부모들이 1980년대 칵테일 의상을 서로 뽐내며 함께 주스를 마시는 그런 순간이 매일 오는 것은 아니라고 생각했는지도 모른다. 적어도 나는 그렇게 생각했다. 제인도 같은 마음이었겠지. 제인은 비상한 유머 감각을 지닌 어른으로 자랐는데 안타깝게도 예수님에 대한 믿음은 그때만큼 충만하진 않은 것 같다.

우리는 집주인들과 목사님, 그리고 앵무새의 친구들에게 감사 인사를 하고 집을 나섰다. 세례받지 않은 엄마로서 나는 신에 대한 믿음이 없는 우리 집 식구들을 보자

마음이 약간 편해졌다. 제인은 새로 받은 성경을 언니 오빠들에게 자랑스럽게 보여주었다. 그러자 오빠 중 한 명이 말했다.

"잘됐네. 불 속에 던져 버리자."

그날 저녁 잘 자라는 인사를 하러 제인의 방에 가다가 제인이 기도하는 소리를 들었다.

"예수님, 망할 오빠를 구원해 주세요."

50여 년이 지난 지금 생각해 보면 나는 관대해야 했을 때 엄격했고 콘크리트처럼 단단해야 했을 때 부드러웠는지도 모르겠다. 세 개의 다른 대륙에서 다섯 아이를 키우는 것은 쉽지 않은 일이었다. 대부분 성급했고 그때그때 상황에 따라 행동했다. 육아 가이드북은 없었지만 그래도 아이들은 다 괜찮게 자랐다. 첫째는 예순이 지났고 막내는 쉰이 지났다. 더 이상 아이들이라고 부르지 말아야겠지만 어쩌겠는가. 내게는 여전히 아이들인걸.

아나폴리스에서 첫째 요한과 둘째 얀은 특별 활동을 할 시간이 전혀 없었다. 학교생활은 점점 길어졌고 숙제가 스웨덴에서 가장 높은 케브네카이세산만큼 쌓였다.

　길 건너 멋진 집에는 우리 아들들과 나이가 비슷한 사랑스러운 두 여자아이가 살고 있었다. 얼마나 대단한 우연이자 행운이었는지! 아이들이 다 함께하는 공부 시간이 머지않아 영화와 게임, 우리 집의 '가라앉은 거실'에서 먹는 샌드위치와 시나몬 롤로 바뀌기까지는 그리 오래 걸리지 않았다.

　가라앉은 거실은 미국에 와서 처음 본 것이었다. 그래서 스웨덴 친구들에게 그게 뭔지 정확히 설명하기가 쉽지 않았다. 4 곱하기 5 제곱미터의 직사각형이 바닥 높이에서 대략 80센티미터 정도 내려앉아 있는 것이 우리 집 거실이었다. 1970년대였으니 바닥은 당연히 털이 긴 진갈색 카펫으로 덮여있었다. 그러니까 유아 수영장에 물을 다 빼고 모피 코트를 입혀놓았다고 생각하면 된다. 우리는 그런 거실에 엄청나게 많은 쿠션을 던져 넣었고 빵가루와 팝콘은 절대 접근 금지였다. 놀고 쉬기에 완벽한 공간이었으니 십 대들에게는 천국이었을 것이다.

　아들들은 가끔 내 정원일도 도와주었다. 한번은 아이들에게 흰 장미 나무를 심게 꽤 큰 구덩이를 파달라고 했다. 그런데 어쩌다 갑자기 두 아이가 다투기 시작했다. 엉겨 붙어 서로 주먹을 날리고 깔아뭉개며 싸우고 있었다. 나는 갑자기 두 아이가 다 무서워졌다. 어떻게 하지? 싸움에 개입하는 건 좋은 생각이 아닌 것 같았고, 갈퀴로 아이들을 때리는 건 더 안 좋은 생각 같았다. 울면서 도움을 청하는 건 절대 안 될 일이었다. 내가 위험한 상황은 아니었으니까. 게다가 제 자식들도 감당하지 못하는 엄마를 이웃들이 뭐라고 생각하겠는가?

　사람들은 가끔 복잡한 이성의 끈을 싹둑 잘라 버리는 갑작스러운 충동을 느끼기도 한다. 내 마음이 갑자기 편해지더니 주변의 모든 풍경이 한눈에 들어왔다. 그래서 정원 호스를 집어 들고 사랑하는 아이들에게 얼음처럼 차가운 물을 발사했다. 효과가 있었다. 아이들은 충격받은 표정으로 싸움을 멈추고 현실로 돌아왔다. 그리고 우리 셋은 동시에 웃음을 터트렸다. 데굴데굴 구르며 웃었다. 이웃들이 커튼 뒤에 숨어서 머리를 절레절레 흔들고 있었다. 우리는 더 많이 웃었다.

　몇 달 후, 10월 31일 핼러윈이었다. 서머 타임이 막 시작되어서 시계는 저녁 7시였지만 바깥이 너무 어두워 8시는 된 것 같았다. 칠흑 같은 어둠이었다. 그 어둠 속 어딘가에서 아이들이 웃으며 외치는 소리가 들렸다.

해가 진 후부터 우리 집 초인종이 쉬지 않고 울려댔다. 한 번도 핼러윈을 기념해 보지 않은 우리는 흥분과 긴장을 동시에 느끼고 있었다. 1975년, 스웨덴에서는 아무도 핼러윈에 대해 알지 못했다. 그래서 우리는 혹시 실수를 할까 봐 몹시 걱정스러웠다. 물론 스웨덴도 요즘은 그렇지 않다. 모두 핼러윈을 즐겨서 마치 국가 공휴일 같다. 아이들은 대문을 두드리고 사탕을 요구한다. 어른들은 차려입고 파티에 간다. 이렇게 많은 변화가 일어날 수 있다. 그러니까 고작 45년 만에 말이다.

그때 우리 집에 온 나이도 몸집도 다양한 아이들은 이 세상의 모든 창조물과 사람들의 모습으로 나타났다. 아이들의 창의력은 정말이지 혀를 내두를 정도였다.

"트릭 오어 트리트*Trick or treat*!" 아이들은 문을 열어 주자마자 외쳤다.

우리는 절대 트릭을 요구하지 말고 사탕이나 넉넉히 주라는 당부를 미리 받았다. 아이들은 아마 아는 트릭도 없었을 것이다. 게다가 트릭이 별로 멋지지 않으면, 혹은 트릭이 너무 복잡해 끝까지 해내기를 기다리다가 몸이 배배 꼬이면 어쩔 것인가? 문 앞에 괴물들과 악마들과 다른 이상한 것들이 한가득 서 있는데 감히 트릭을 요청할 리가! 그냥 사탕만 주면 된다.

얀과 토마스는 아이들에게 줄 사탕을 종이 깔때기에 부지런히 담고 있었다. 그런데 준비한 깔때기 서른다섯 개가 금방 동날 것 같아서 얼른 가게로 달려가 사탕을 더 사와야 했다. 자기 동네에 사는 외국인들을 보러 동네 아이들이 다 몰려온 것 같았다.

"아바*ABBA*랑 친구예요?" 다른 나라에서 온 이상한 말을 쓰는 낯선 사람들이 혹시 공산주의자는 아닐까 궁금하다는 듯 아이들은 물었다.

앞마당 호스 사건이 우리의 평판에는 큰 도움이 되지 않았던 것 같다. 내가 아이들에게 물을 뿌리고 며칠이 지난 후이자 핼러윈이 되기 며칠 전, 약간의 사고가 있었다. 술 취한 아이들이 차를 타고 지나가다가 우리 집 마당에 빈 병을 던지며 이렇게 외친 것이다.

"망할 공산주의자 놈들! 너네 나라로 돌아가!"

1975년의 일이었다. 스웨덴은 오랫동안 사회주의 국가였다. 당시 미국 사람들은 공산주의라면 치를 떨었다. 스웨덴 사람들이 자본주의를 두려워했던 만큼. 그러니 사람들이 의심스러워할 만도 했을 것이다.

우리에게 수프를 가져다준 이웃이 있었던 것처럼 그렇지 않은 이웃도 있었을 뿐이다. 그런 게 삶 아니겠는가.

그때 우리는 재스퍼라는 사랑스러운 바셋하운드를 키우고 있었는데 그 재스퍼가 이웃집 개의 음식을 계속 훔쳐 먹었다. 그러다 우리가 '빨갱이 스파이 개'에게 선량한 미국의 체사피크 베이 리트리버를 괴롭히도록 훈련시켰다고 이웃들이 큰 소리로 불평하는 소리를 듣기도 했다.

우리는 웃으며 우리끼리 이렇게 말했다.

"그럴 수만 있다면야!"

우리는 재스퍼를 앉히는 훈련에도 실패한 사람들이었다.

아들들이 사탕을 나눠주는 사이 딸들은 변장을 하고 있었다. 딸들이 낄낄거리는 소리가 들렸다.

앤은 늙은 노인 차림이었다. 그리고 펭귄으로 변장해

서 알아보기도 힘든 이웃집 친구 주디에게 달려갔다. 제인과 길 건너에 사는 친구 줄리는 샴쌍둥이로 변장했다. 아이들은 남편의 거대한 스웨터 하나를 같이 입고 있었다. 그리고 다리 하나씩을 같이 묶은 다음 내가 낡은 청바지 두 개를 붙여 만들어 준 다리가 세 개인 바지를 입었다.

요즘은 샴쌍둥이가 실제로 얼마나 힘든 삶을 살고 있는지 알기 때문에 그런 의상을 입는 건 좋지 않다는 사실을 다들 알고 있다. 하지만 1975년 당시 사람들의 생각은 지금과 달랐다. 그들은 소수자를 불쾌하게 만드는 것보다 공산주의자를 더 두려워했다. 쌍둥이는 해골 복장을 차려입은 또 다른 여자아이와 함께 다리를 절뚝거리며 힘들게 동네를 돌아다녔다.

한참 후 나는 쌍둥이와 해골 아가씨를 아나폴리스 언덕 꼭대기에 있는 주지사의 집으로 데려다주었다. 주지사와 그의 아내는 거대한 대문에서 이어지는 계단 꼭대기에 서서 사탕이 든 가방을 나눠주고 있었다. 속을 파내고 불을 밝힌 무시무시한 호박 마흔 개가 현관까지 이어지는 길을 밝혀주고 있었다. 마치 유령들의 축제 같았다. 어둡고 으스스했던 그 밤, 모든 장면이 장관이었다.

꼬마 해골 아가씨가 내 손을 꽉 쥐었다.

여든 살이 넘어가면 쉽게 화를 내게 된다. 언제나 새로운 것들이 생겨난다. 새로운 정치인, 새로운 나라, 새로운 전쟁, 새로운 기술. 실로 모든 것이 계속 새로워진다. 여든이 넘으면 둘 중 하나를 선택할 수 있다. 화를 내거나 흐름을 따르거나. 하지만 제발 후자를 위해 노력하라. 변화를 수용하고 심지어 즐기다 보면 정말 즐거워질 수 있다.

싱가포르에 살 때 중국 결혼식에 초대받은 적이 있다. 아이들은 아무도 가고 싶어 하지 않았지만 전부 데려가려고 노력했다. 살면서 처음이자 마지막으로 보게 될 중국 결혼식일 테니까. 간다고 죽는 것도 아닐 텐데! 하지만 다섯 아이들 중 한 명만 따라나섰다.

신부는 내가 쿠킹 클래스에서 만난 친구 수잔이었다. 두 주인공은 다른 몇 쌍의 부부들과 함께 붉은색과 금색으로 장식된 거대한 파티 장소를 빌렸다. 행복에 들떠 보이는 부부들이 멋진 중국 실크 예복을 입고 차례로 무대에 올라가면 하객들이 열렬한 축하와 함께 건배를 제의했다. "얌 생*Yam Seng*(광둥어로 '승리를 위해 마시자!'라는 뜻—옮긴이)!"

스웨덴 사람들은 건배할 때 '스콜*skål*'이라고 말한다. 스웨덴어로 그릇이라는 뜻이다. 우리 선조인 바이킹이 살육한 사람의 해골에 물을 담아 마셨다고 생각해서인지 많은 이들이 두개골이라는 뜻의 영어 스컬*skull*이 스콜*skål*에서 유래했다고 생각하고 싶어 한다. 하지만 이는 사실이 아니다. 바이킹은 잔인했고 지독했고 벌꿀주를 즐겼지만 갓 잘라낸 두개골에 벌꿀주를 마시는 것은 생각조차 하지 않을 일이었다. 그들은 그저 대접에 술을 마시며 "그릇!"이라고 외쳤던 것뿐이다.

스웨덴에서만 맛볼 수 있는 몇 가지 특별한 요리가

있다. 그중에서도 수르스트뢰밍*surströmming*(스웨덴의 전통 통조림 식품. 청어를 시큼하게 절인 것으로 최악의 악취 음식으로 알려져 있다-옮긴이)을 먹기 위해 매년 여름 유명 요리사들이 생방송 부대를 이끌고 스웨덴을 방문하기도 한다. 8월 언제쯤 수르스트뢰밍 캔을 여는 때가 있다. 양파, 사워크림 등의 각종 양념과 함께 스웨덴식 토르티야에 싸서 아주 조금씩 먹는데 끔찍한 맛이다. 어떤 이들은 열광한다. 나는 한 번 먹어보았다. 그리고 두 번 다시 손대지 않았다.

중국 결혼식에는 중국에서 상서로운 숫자인 여덟이서 앉는 둥근 테이블이 있었다. 결혼식에서 중국인이 아닌 손님은 우리뿐이었고 그래서 특별한 관심과 돌봄을 받는 느낌이었다. 테이블 한가운데 빙빙 돌아가는 접시가 있었는데, 우리 테이블의 다른 손님 여섯 명은 마치 중요한 손님을 대접하듯 우리가 고른 음식을 각자 젓가락으로 떠서 우리 접시 위에 올려주었다. 썩 중요한 손님은 아니었지만 그렇게 대접받는 기분은 좋았다.

스웨덴에서는 닭 꼬리의 통통한 부분을 굼펜*gumpen*이라고 부른다. 수프 국물을 낼 때 쓰지만 먹지는 않는다.

하지만 그 결혼식에서 닭 꼬리는 가장 맛있는 한 입인 듯했다. 우리 테이블의 한 손님이 그 통통하고 작은 꼬리를 우리 접시 위에 올려주었다. 하는 수 없이 먹었다. 그리고 조금 더 익숙한 다른 음식을 먹고 싶었는데 그들이 다른 테이블에서 꼬리를 추가로 가져오기 시작했다. 귀일로*gweilo*(유령이라는 뜻의 광둥어. 여기서는 낯선 외국인들을 뜻함–옮긴이)들이 맛있어하는 것 같다면서.

긴 밤이었다. 사랑스러운 밤이었고 소화 불량의 밤이기도 했다.

우리는 6년째 싱가포르에 살고 있었다. 많은 일들이 있었고 즐거운 일도 많았다. 하지만 닭 꼬리의 밤보다 더 선명하게 기억나는 밤은 없었다. 마치 왕족처럼 대접받았던 밤이었기 때문이다.

나이가 들어갈수록 '노'라고 말하기 직전에 과감히 '예스'라고 대답했던 모든 순간을 더 확실히 기억하게 된다. 물론 나도 늘 열린 마음이었던 건 아니었다. 그러지 말고 마음을 좀 더 열 걸 그랬다.

11 초콜릿은
언제나 옳다

어렸을 때 휘핑크림을 얹어 마시던 핫 초콜릿은 얼마나 맛있었는지! 눈 오는 날이나 생일 파티에서 친구들과 둘러앉아 입가에 흰 크림을 수염처럼 묻히고 마셨지.

아니면 춥지만 화창한 겨울 방학에 가족들과 스키 여행을 가서 마시기도 했고. 눈 덮인 숲을 미끄러져 내려오며 마시는 따뜻한 핫 초콜릿만큼 맛있는 건 없었다. 스키를 타다가 보온병에 든 핫 초콜릿을 한 입 홀짝이면 해가 질 때까지 스키를 계속 탈 힘이 다시 샘솟았다.

가끔 나처럼 단것을 좋아하는 언니와 집에서 핫 초콜

릿이 마시고 싶으면 설탕과 코코아 파우더, 우유를 섞어 만들었는데 그러면 걸쭉해져서 한입에 꿀꺽 삼키기도 좋았다. 아무리 나이가 들어도 초콜릿은 질리지 않는다. 핫 초콜릿은 여전히 맛있지만 요즘은 초콜릿 바를 더 선호한다. 머그컵이나 숟가락을 설거지할 필요도 없으니까!

십 대 때는 자고 일어나면 옷이 작아져 있곤 했다. 내가 초콜릿을 달고 살아서 그랬는지 아니면 다른 달달한 간식들 때문이었는지, 그것도 아니라면 그저 호르몬 때문이거나 원래 그 나이에 그렇게 크는 거라서 그랬는지는 모르겠지만 아무튼 옷이 계속 작아져서 몹시 곤란했다. 매달 엄마에게 치마허리나 길이를 늘려달라고 부탁했던 것 같다. 엄마는 나보고 직접 바느질을 하라고 하셨는데 나는 그게 정말 싫었다.

그런 갑작스러운 변화 때문인지 나는 초콜릿을 조금 줄이기 시작했고 덩달아 모든 걸 조금씩 덜 먹기 시작했다. 그래도 나는 계속 샀다. 내가 자랄 때는 거식증이나 폭식증이라는 병명조차 없을 때였지만 어쨌든 나는 그 때문인지 평생 몸무게에 민감하고 식단을 과하게 의식하는 사람이 되었다.

20대 초반, 미래의 남편 라스가 나를 빵순이*rundstycke*(거대하고 폭신한 둥근 모양의 빵-편집자)라고 부르기 시작했는데 나는 그게 하나도 웃기지 않았다. 나는 절대 빵순이가 되지 않겠다고 다짐했다.

그래서 《칼로리 가이드》라는 작은 책을 통째로 외워버렸다. 라스가 나를 빼빼로*finsk pinne*(핀란드 스틱. 길쭉한 모양의 쿠키-편집자)라고 불렀으면 괜찮았겠지만. 나는 그가 빵순이와 결혼하고 싶어 하지 않을까 봐 약간 걱정스러웠다.

물론 원하면 무엇이든, 그것도 많이 먹어서 둥글둥글하면서도 아름답고 행복할 수 있다. 다른 사람이었다면 그래도 상관없었겠지만 펑퍼짐한 옷은 내 스타일이 아니었다.

그때 (그리고 지금도) 나는 내가 좋아하는 옷을 계속 입고 싶었다. 게다가 바늘과 실을 집어 들고 옷을 수선하거나 리폼하기는 너무 게을렀고.(1940년대와 1950년대에 세상은 아직 전쟁의 상처를 회복 중이었고 지금처럼 쉽게 사고 버릴 수 있는 저렴한 옷이 많은 것도 아니었다) 동시에 나는 체중계의 그 작고 고집스런 바늘이 너무 오른쪽으로 치우치지 않도록 하면서도 잘 먹고 싶었다.

《칼로리 가이드》덕분에 나는 옷도 작아지지 않으면서 배부르게 먹을 수 있는 방법을 발견했다. 그럭저럭 효과가 있었던 것 같다. 책에서 배운 바에 따르면 오이는 소화될 때 몸에 저장되는 것보다 더 많은 칼로리를 태우는 음식이었는데 하도 먹어서 오이가 약간 지겨워지기도 했다. 그렇지만《칼로리 가이드》덕분에 먹을 때마다 내가 섭취하는 모든 칼로리를 계산하면서 수학을 더 잘하게 되었다. 라스는 내가 숫자 머리를 갖게 되었다고, 그래서 가정 경제를 앞장서서 지휘할 수 있게 되었다고 몹시 좋아했다. 내가 수년 동안 그 일을 정말 잘 해내긴 했다.

몇 년 전, 나는 수술을 받은 후 두 발로 다시 서기 위해 재활 병원에 입원했다. 그곳에서 안타깝게도 날카롭고 불친절한 간호사와 짝이 되었는데 그 간호사는 내가 너무 말랐다고 생각했다.

사랑하는 남편 라스가 세상을 떠난 지 얼마 되지 않았을 때였다. 더 이상 라스가 나를 빵순이라고 생각할까 봐 걱정할 필요도 없었고 빼빼 마르고 싶은 것도 아니었다. 《칼로리 가이드》도 어느 바자회에서 이미 팔아버린 지 오래였지만 수술에서 회복하면서 몇 킬로그램이 더 빠졌다. 어쩌면 젊은 시절의 허영심이 아직도 살아 있었는지 처음에 간호사가 내게 '빼빼 말랐다'고 했을 때 약간 기분이 좋기도 했다. 나이 들고 마른 사람은 '아주아주' 늙어 보이고 '아주아주' 외로워 보인다고 간호사가 덧붙이기 전까지는 말이다. 흥, 조금 친절하면 어디 덧나나.

예전에는 처지기 시작하는 피부를 팽팽하게 만들려면 맛있는 음식을 한 접시 더 먹어서 볼을 빵빵하게 만들고 주름에 살을 포동포동 채워야 하는 것인지도 모른다고 친구들과 농담을 하기도 했다. 한 친구는 케이크를 한 조각 더 가져오며 이렇게 말했다.

"이게 주름 펴는데 직방이라니까."

불친절한 간호사의 한마디 덕분에 잘 먹는 건 더 이상 농담으로 웃고 넘길 일이 아니라 몹시 중요한 문제가 되었다. 아주아주 늙어 보이고 외로워 보이고 싶지 않으려는 건 꼭 허영심 때문만은 아닐 것이다.

불친절한 간호사와 헤어져 집으로 돌아온 후 아주 친절하고 다정한 영양사가 매주 나를 찾아왔다. 그녀는 언제나 저울을 가져와 나를 그 위에 세웠다. 그리고 체중을 늘리는 특별 영양 음료를 마시게 했고 식단에 대한 다른 훌륭한 조언도 해주었다. 내 몸무게가 늘면서 영양사가 집에 오는 횟수도 점차 줄었다. 좋은 신호 같았다. 그리고 이제는 영양사가 아예 오지 않아도 되겠다고 생각하기 시작했는데…….

어린 시절의 핫 초콜릿과 휘핑크림이 내 안에 진한 흔적을 남겼는지 그때의 다른 추억들은 점점 희미해지는데 이상하게 그 추억만 점점 진해지는 것 같다. 그 맛있던 핫 초콜릿의 기억이 되살아나면서 나는 점점 더 초콜릿을 원하게 되었다. 칼로리도 계산하지 않고 영양사도 오지 않고 오이 샐러드도 먹지 않는 요즘, 초콜릿에 대한 갈망은 오래 지속되지 않는데 내가 초콜릿을 향한 욕망에 그냥 항복해 버리기 때문이다.

바깥출입을 할 수 없있딘 몇 달 동안 친구들이 집 앞에 먹을거리를 놓고 가곤 했을 때도 나는 늘 초콜릿 바를 부탁했다.

지금 초콜릿과 나의 관계는 영화 〈리틀 미스 선샤인〉에서 알란 아킨*Alan Arkin*(그에게 신의 축복을!)이 연기한 70대 할아버지와 헤로인의 관계와 비슷하다.

'그러거나 말거나'라고 그는 생각한다.

그게 바로 지금 초콜릿에 대한 내 생각이다. 그러거나 말거나. 나는 여든여섯이다. 초콜릿을 먹어서 죽든 그보다 훨씬 덜 기분 좋은 무언가 때문에 죽든 어쨌든 곧 죽을 것이다.

초콜릿 바를 하나 집어 들면서 나는 쓰나미 이후 치명적인 방사능에 노출될 위험을 뻔히 알면서도 사고를 수습하기 위해 자진해서 후쿠시마 핵 발전소로 들어간 일본의 용감한 퇴역 소방관들과 구조대원들을 떠올린다.

그들은 생각했다. 우리를 들여보내 달라! 우리는 할 수 있다! 우리는 이 재난을 멈출 방법을, 모두를 안전하게 만들 방법을 알고 있다!

젊은이들이 방사능 피해를 감수하며 이 사고를 수습하게 만들 수는 없다고 그들은 생각했다. 우리는 방사능 측정기의 수치 때문에 죽기는 이미 충분히 늙었다!

나는 그들이 이렇게 말했을 것 같다. "난테콧타이なんてこったい(그러거나 말거나)!"

나의 초콜릿 바 중독 현상이 조국 스웨덴을 비극으로부터 구하는 데 일조할 거라고 말하는 것은 아니지만 그들의 정신은 존중한다. 아주 나이가 많이 들면 가끔 이런 말밖에 할 수 없는 날이 온다. "그러거나 말거나!"

초콜릿이 혈액 순환, 심장, 뇌에 끼치는 긍정적인 영향에 대한 연구는 수도 없이 많다. 하지만 초콜릿은 레드 와인과 비슷하다. 초콜릿이 좋은 영향을 끼친다고 말하는 연구가 많은 만큼 초콜릿의 해악에 대해 말하는 반대의 연구도 많다. 지나친 레드 와인은 혈당 수치나 심장 부정맥 수치를 높이거나 아니면 우리를 몹시 취하게 만들 것이다. 그러거나 말거나!

하지만 삶은 언제나 우리가 감수해야 할 건 빼놓지 않고 주는 것 같다. 탈출구는 없다. 아무리 나이를 먹어도 모든 선택에는 결과가 따른다. 영원히 살 것처럼 초콜릿 바를 먹겠다는, 정확히 말하자면 영원히 살지 못한다고 해도 더 이상 신경 쓰지 않겠다는 내 결정이 초콜릿에 대한 알레르기 반응을 유발한 것 같다. 최근 들어 디저트로 초콜릿 바를 한 입 먹을 때마다 이상한 일이 일어난다. 갑자기 재채기를 시작하는 것이다. 가끔은 여덟 번이나 아홉 번씩, 멈추지 않을 듯 심하게 말이다.

재채기가 멈추자마자 나는 바로 한 입을 더 먹는다. 내 나이쯤 되면 가끔 이렇게 생각해 버리는 것이 정말 중요하니까. 그러거나 말거나!

12   사랑스러운
     문제

나는 '사랑스러운 문제*kärt besvär*'라는 스웨덴 표현을 좋아한다. 그 말이 우리가 살면서 해야 하는 많은 중요한 일을 설명해 준다고 생각하기 때문이다. 게다가 사람이 나이가 들수록 모든 일이 점점 더 '사랑스러운 문제'가 되는 것 같다.

사랑스럽다는 뜻의 kärt와 고통 혹은 슬픔이라는 뜻의 besvär가 합쳐진 말인데 besvär는 보통 짐이나 부담, 성가신 일이나 골칫거리라는 뜻으로도 쓰인다.

예를 들어 매달 고지서를 납부하는 일이 '사랑스러운

문제'가 될 수 있다. 귀찮은 일이지만 낼 수 있는 돈이 있다는 사실에 감사하고 할 일 목록을 하나 지우는 것도 기쁘다.

더 따뜻한 예는 사랑하는 사람이 아플 때 돌보는 일일 것이다. 아픈 사람을 돌보는 일은 쉽지 않지만 내가 그들을 돌볼 수 있을 만큼 건강하다는 것 역시 축복이자 감사해야 할 일이다. 아픈 사람 또한 입 밖으로 꺼내진 못한다 해도 마음속 깊이 고마워할 것이다.

나이가 들수록 내가 하는 모든 일이 그 자체로 짐이 되는 것 같다. 신체적으로나 정신적으로 거의 모든 일이 버겁다. 그 모든 짐과 성가신 일과 고통을 소중한 것으로 받아들이고 어떻게든 감사해야 할 방법을 찾아야지 다른 방법은 없는 것 같고.

그래도 '사랑스러운 문제'를 해결하는 나만의 두 가지 방법이 있는데 바로 몸과 마음을 비교적 건강하게 유지하려고 고수하는 일상 루틴과 기억력 훈련이다.

기억력이 나빠지고 영민함이 떨어진다는 생각이 드는 건 살다 보면 언젠가 누구에게나 일어나는 일이다. 해야 할 일이나 챙겨야 할 일이 너무 많다는 느낌도 들 것이다. 하지만 우리는 끔찍하게 아픈 상태만 아니라면 자신이 할 수 있다고 믿는 것보다 훨씬 많은 일을 해내고 기억할 수 있다. 그저 자신에 대한 인내와 시간이 조금 더 필요할 뿐이고 어쩌면 관점을 바꾸기만 하면 되는 문제일 수도 있다.

나이가 들수록 떨어지는 기억력이 우리를 더 자주 골탕 먹일 것이다. 하지만 기억력이 좋으면 편한 일이 많아서 나는 여전히 노력한다. 기차 시간표를 외우고 싶어서가 아니라 사람들의 이름을 기억하는 게 좋고 또 중요하기 때문이다. 상대의 이름이 잘 기억나지 않으면 얼마나 괴로운지 모른다. 그러다 갑자기 생각나면 또 몹시 기쁘고.

마흔만 되어도 사람들의 이름을 기억하는 게 점점 어려워질 것이다. 나 역시 그 사실을 잊지 않으려고 한다. 그러니 마흔의 두 배보다 더 나이가 많은 내가 부엌에 갔다가 뭘 가지러 왔는지 갑자기 생각나지 않는 것도 그렇게 이상한 일은 아니겠지. 약간 귀찮긴 하지만 어디에 있다가 부엌으로 왔는지 되짚어 보면 무엇을 가지러 갔는지도 금방 떠오를 것이다. 되짚어 돌아가는 게 성가시지만 그래도 기억났다는 사실에 감사하면서.

사람들은 십자말풀이나 스도쿠가 뇌를 깨우는 데에 좋다고 생각한다. 브리지 같은 기억력 게임으로 뇌가 자꾸 일을 하게 만들어야 한다고도 한다. 그 말도 맞겠지만 나는 단어 게임이나 카드 게임 실력은 늘 별로였다.

연구자들은 머리를 쓰는 게임보다 신체 활동이 늙어가는 뇌에 꼭 필요하다고 주장한다. 몸을 움직이는 것은 전반적인 건강에도 중요하지만 스트레스에 대처하고 창의력을 발휘하고 기억력을 증진시키기 위해서도 필요하다.

한 번에 20분 이상은 절대 앉아 있지 말라고 말해준 친구도 있다. 극장에 가는 걸 좋아한다면 소용없는 조언일 테다. 단편 영화제라면 또 상관없겠지만.

어디선가 읽었는데 의자는 인류의 가장 위험한 발명품이라고 한다. 많은 사람이 다른 무엇보다 너무 오래 앉아 있다가 건강이 악화되어 죽는다고. 그 말이 사실인지는 모르겠지만 나 역시 너무 오래 앉아 있지 않으려고 한다. 나는 서 있거나 보조기가 갈 수 있는 곳이라면 최대

한 돌아다니길 선호한다. 아침마다 재밌게 운동하는 방법도 찾았다. 9시쯤 되면 텔레비전에서 짧고 가벼운 체조를 따라 한다. 가끔 내 늙은 몸뚱이가 잘 움직이지 않고 심지어 여기저기 아프다는 사실이 믿기지 않을 때가 있지만 그래도 아직까지 그럭저럭 따라 할 수 있다는 사실에 또 감사한다. 그것도 분명 '사랑스러운 문제'다.

시간이 너무 많은가? 도대체 잠은 잤는지 싶게 해가 뜨기도 전에 눈이 번쩍 떠지는 낯선 수면 습관이 생겼는가? 그것들이 바로 일상을 전두로 만드는 노화의 또 다른 위험이자 도전이다.

나이가 들수록 어떤 루틴이든, 아무리 괴로운 루틴이라도 사랑스럽게 만들 방법을 반드시 찾아야 한다.

나는 매일 아침 배달되는 신문을 읽고 책장에 있는 줄도 몰랐던 옛날 책을 다시 읽는다. 나중에 시작할지도 모르는 미래의 취미들에 대해 생각하기도 한다. 나는 전화기를 붙들고 사는 편이며(우리 아이들에게 물어보라) 옷과 침대 시트와 수건도 꼬박꼬박 빤다. 작은 내 보금자리를 최대한 깔끔하게 관리한다. 보금자리가 크지 않아서 얼마나 다행인지.

이 중에 특별한 비법은 하나도 없다. 스웨덴 사람들만의 비밀을 기대했다면 실망이겠지만 나는 건강하고 행복하게 나이 드는 비결은 일상의 루틴을 사랑스럽게 만드는 방법을 찾는 데 달려 있다고 생각한다. 그런다고 얼마나 더 오래 살 수 있을지, 심지어 몇 주 후에 내가 과연 살아 있을지조차 불투명하지만 나의 일상을 어떻게 바라볼지는 내가 선택할 수 있다. 매일은 아니지만 거의 대부분, 나는 나의 하루하루와 일상의 루틴을 사랑스러운 문제로 바라보려고 한다.

13 뭐니뭐니 해도
줄무늬

이유는 모르겠지만 줄무늬에는 약간 이상하면서도 마법 같은 무언가가 있다.

선이 하나거나 마치 붓질을 한 번 한 것 같은 단순한 줄무늬도 있다. 하나의 줄은 방향을 가리킬 수도 있고 한계를 설정하기도 하며 심지어 멈춤 표시가 되기도 한다. 몇 개의 선이 모이면 흥미로운 패턴이 만들어지기도 한다.

나는 줄무늬를 좋아한다. 세로 줄무늬를 좋아하는 편이시만 가로 줄무늬도 괜찮다. 줄무늬 스웨터나 드레스를 입으면 생기가 돌고 명랑해지는 기분이다. 줄무늬는 성별과 나이를 불문하고 모두에게 어울리며 유행도 타지 않는다. 발랄하고 화려하면서도 통제감을 선사한다.

줄무늬는 운동복 같기도 하지만 또 바사 스키 경기 훈련팀처럼 보일 만큼 운동복 같지는 않다. 바사 스키 경기는 거의 미친 사람들을 위한 스웨덴의 대규모 크로스컨트리 스키 경기다. 전 세계에서 가장 역사가 깊은 스키 경기로 참가자들은 꽁꽁 언 늦겨울의 스웨덴을 90킬로미터나 횡단한다. 스웨덴 왕 중의 한 명이 덴마크 왕의 침략을 피해 달아났던 일을 기념하는 경기이기도 한데 아마 둘 다 줄무늬를 입고 있었을 것 같지는 않다. 1520년에 줄무늬가 유행했을 것 같지도 않고.

가로 줄무늬는 수평선의 단순함을 보여줘서 차분한 느낌이라고 한다. 내 생각도 그렇다. 반대로 세로 줄무늬는 대문이나 엘리베이터의 문이 코앞에서 쾅 닫히듯 강압적인 느낌이 들기도 한다. 하지만 어느 방향이든 줄무늬는 줄무늬다.

누구나 어렸을 때 종이 위에 연필로 선을 그으며 행복해 했을 것이다. 그러다 선을 더 많이 그으면 집도 그릴 수 있고, 어쩌면 그 집 안에 사는 막대기 인간들도 그릴 수 있다는 사실을 깨달았을 것이다. 그랬던 아이들이 컴퓨터를 처음 접할 때 어떤 느낌이었을지 안타깝지만 나는 잘 모르겠다. 물론 컴퓨터로도 다른 발견들은 할 수 있을 테지. 내 나이가 되면 그것도 위로가 된다.

많은 예술가들이 오랜 시간 동안 선을 그어가며 커리어를 쌓아 왔다. 51세의 스웨덴 예술가 야콥 달그렌*Jacob Dahlgren*도 그중 하나다. 그는 줄무늬에 대한 애착과 예술적 영감을 보여주는 살아있는 전시장이나 마찬가지다. 거의 15년째 줄무늬 티셔츠만 입고 있으니까. 그의 줄무늬 티셔츠 컬렉션은 방대하다. 그의 모든 예술 작품도 줄무늬다. 얼마나 멋있는지 모른다.

몇 년 전, 이곳 스톡홀름의 안드레안-십첸코*Andréhn-Schiptjenko* 갤러리에서 열린 그의 전시회에 간 적이 있다. 모든 게 줄무늬로 만들어져 있어 얼마나 기발하고 즐거웠는지! 커다란 작품 하나(대략 2미터 곱하기 3미터 정도 되는)가 특히 흥미로워 보여서 가까이 다가가 보았는데, 나무로 만든 흰색과 검은색 옷걸이를 다닥다닥 붙여 만든 작품이었다. 멀리서 보면 모두 같은 공간을 차지하고 있는 것처럼 보였다. 설명하기가 쉽지 않은데 어쨌든 줄무늬였다. 대부분의 작품이 선명하고 밝은색이었고 보고 즐길 거리가 몹시 많았다.

스웨덴 전역에 야콥 달그렌의 공공 예술 작품이 전시되어 있다. 또 그의 작품은 예테보리 미술관을 포함해 전 세계 몇 군데 미술관의 대표 작품으로 꼽힌다. 그의 작품이 인기가 많다는 사실은 곧 많은 사람이 줄무늬를 좋아한다는 증거일 것이다.

예전처럼 부지런히 돌아다니지 못하게 되었던 시기에는 예술가들의 스튜디오나 전시회를 온라인으로 방문하는 게 몹시 즐거웠다. 그러다 온라인에서 아일랜드 출신 예술가 션 스컬리Sean Scully를 발견했는데, 그의 작품을 이해하고 좋아하게 되기까지 시간이 조금 걸리긴 했다. 어쨌든 그의 작품은 거대한 캔버스에 어두운 톤의 줄무늬가 끝없이 반복되는 것 같은 느낌이 특징이다. 하루는 그가 작업하고 있는 스튜디오를 들여다보았는데 입이 떡 벌어질 정도로 놀라웠다.

위의 두 예술가는 정반대의 작업을 하고 있다. 한 명은 명랑함과 유쾌함을 전하기 위해, 다른 한 명은 더 무거운, 어쩌면 우울한 아름다움을 전하기 위해 줄무늬를 사용한다.

역사적으로 줄무늬 옷은 다양한 역할을 하면서 사랑 받기도 했고 멸시를 받기도 했다. 검은색과 흰색 세로 줄무늬 옷을 입는 축구 심판은 당연히 늘 미움을 받는다. 죄수복도 줄무늬가 많다. 그래서 사람들은 그런 이미지는 잊으려고 하는 편이다. 하지만 1993년 노벨상 파티에서 스웨덴 여왕 실비아가 입었던 아름다운 드레스는 기억하고 싶다. 니나 리치가 디자인한, 검은색과 흰색의 굵은 줄무늬 드레스였다.

나도 줄무늬 드레스가 몇 벌 있지만 실비아 여왕님 드레스처럼 멋진 것들은 아니다. 게다가 요즘은 입지도 않는데 왠지 내다 버릴 수도 없다. 하지만 줄무늬 티셔츠는

셀 수 없이 많다.

남편은 바보 같은 그림이나 이상한 슬로건 같은 게 쓰인 티셔츠를 선호하는 편이었다. 남편의 옷 중에서 특히 기억나는 두 벌이 있다. 하나는 커다란 소의 머리 그림 밑에 다음과 같은 글이 쓰여 있었다. '아르마딜로 에이미'. 그리고 뚱한 소의 머리 위에 다음과 같은 말풍선이 달려 있었다. '나는 아르마딜로가 아니야.' 소가 아르마딜로와 무슨 관계가 있는지 나는 도통 이해할 수 없었다. 혹시 사람들에게 생각할 거리를 주고 싶었던 걸까? 티셔츠의 글과 그림이 도대체 무슨 뜻이냐는 질문이라도 받으면 그 역시 그저 의뭉한 미소만 지었을 것이다. 그가 좋아했던 또 다른 티셔츠에는 이렇게 적혀 있었다. '수리 불가'. 무슨 뜻인지는 알겠는데 그 옷을 입은 사람의 아내로서는 받아들이기 쉽지 않은 옷이었다. 누구도 어쩔 수 없는, 결코 뒤집을 수 없는 사실처럼 들리지 않는가.

가로 줄무늬는 뚱뚱해 보이고 세로 줄무늬는 날씬해 보인다고 생각하는 사람들이 많다. 초콜릿을 계속 먹다 보면 나도 내가 더 좋아하는 가로 줄무늬를 포기하고 세로 줄무늬 셔츠를 입어야 할지도 모르겠다.

집을 청소하고 정리하는 방법을 널리 알려 유명해진 일본 여성 곤도 마리에가 있다. 그녀의 책은 삶을, 특히 옷장을 정리하고 싶어 하는 많은 이들에게 영감을 주었다. 나 역시 영감을 받았다. 그중에서 서랍에 더 많은 옷을 넣으면서도 모든 옷을 한눈에 볼 수 있도록 정리하는 방법이 무엇보다 널리 퍼졌다.

내 옷장 서랍 안에서는 줄무늬 티셔츠들이 자리싸움을 하고 있다. 모든 티셔츠를 곤도 마리에의 방법대로 정리했지만 그래도 서랍이 차고 넘친다. 사실 나는 줄무늬 티셔츠용 서랍만 두 개다. 어떻게 줄무늬 셔츠를 그렇게 많이 모았냐고? 파란 바탕에 흰 줄무늬, 흰 바탕에 빨간 줄무늬, 노란 바탕에 핑크 줄무늬, 초록 바탕에 흰 줄무늬 등 끝도 없다. 수많은 옷들을 색깔별로 정리해 놓은 그 서랍을 열면 줄무늬 셔츠들이 끝없이 딸려 나올 것만 같다.

어쩌면 내 줄무늬 셔츠 컬렉션을 야콥 달그렌에게 유산으로 남겨야 할지도 모르겠다. 그가 영감을 받아 다음 작업에 쓸 수도 있겠지. 아니면 서랍이 더 넘쳐나기 전에 데스클리닝부터 하는 게 나을지도 모르겠고.

줄무늬를 입는다고 젊어 보이지는 않겠지만 그렇다고 늙어 보이는 것도 아니다. 게다가 줄무늬는 늘 내게 기쁨을 준다.

14 젊은이들 곁에서
젊었던 자신에게
휘파람을

첫 책의 출간 파티를 마칠 때 나는 기쁨에 취해 있었다. 나는 여든다섯이었고 막 작가로 데뷔한 참이었다. 내가 편집자 애비에게 도대체 어떻게 감사의 말을 해야 할지 모르겠다고 말하자 그는 웃으며 이렇게 말했다.

"제게 고마우시면 이렇게 해주세요. 젊은이들에게 늘 친절하기!"

이 나이쯤이면 주변에 나보다 어린 이들뿐이니 실천할 기회는 충분하고도 남을 것이다.

하지만 다른 이유들로도 그건 내게 몹시 쉬운 일이었

다. 내 주변에는 늘 젊은이들이 있었다. 내 다섯 아이들과 그들의 친구들에다가 아이들의 아이들과 그 아이들의 친구들까지 말이다.

2006년, 남편이 세상을 떠나고 나는 예테보리에서 스톡홀름으로 이사했다. 남편을 잃은 슬픔에 빠져 있었지만 동시에 내가 스무 살 때 예술을 공부하던 대도시에 다시 돌아왔다는 설렘도 있었다. 스웨덴 서해안 외딴섬의 작은 동네에서 남편과 오래 살다가 다시 갤러리들을 방문할 수 있게 된 것이다.

나는 스톡홀름에 자연스럽게 섞여들었다. 새로운 친구들도 사귀었다. 즐거운 날들이었다. 울리크라는 젊은이가 예술에 대해 나와 함께 블로그를 하고 싶어 했다. 오랜 친구들의 아이들과 내 아이들이 저녁을 먹으러 찾아왔다. 섬에서의 삶과 아주 다른 삶이었고 나는 그 삶도 무척 마음에 들었다.

나이가 들수록 젊은이들의 말을 듣는 것이 중요하다. 덜덜 떠는 손으로 지팡이를 흔들며 소싯적이 훨씬 좋았다고 떠드는 여든 넘은 사람들의 말을 듣는 것보다 훨씬 흥미롭고 즐거울 것이다.

우리 아버지는 의사셨다. 산부인과 전문의셨는데 우리가 살던 아파트 복도에 아버지의 이름과 직업이 적힌 황금 명판이 붙어 있었다. 그런데 이유는 모르겠지만 그 명판이 파티 이후에 나를 집까지 데려다주던 남자들에게서 모종의 반응을 이끌어 냈다. 아빠가 꽃집을 했거나 집을 짓는 사람이었다면 남자아이들이 괜히 얼굴을 붉히며 낄낄거리지 않았을 것이다. 그래서 그 명판은 내게 십 대 소년들이 얼마나 어리숙한지 판별할 수 있는 일종의 척도가 되어 주었다. 지금 생각해 보면 그냥 우스운 반응이었을 뿐이지만.

대여섯 살 즈음이었던가. 아빠는 일요일 오전에 환자들을 보러 병원에 가셨는데 나도 가끔 따라나섰다. 아빠가 환자들을 보는 동안 나는 병원 복도 벽에 무엇이 걸려 있는지 혹은 유리장 안에 무엇이 들어있는지 구경하며 아빠를 기다렸다. 알 수 없는 도구나 인공 기관들이 전시되어 있었고 가끔 친절한 간호사들이 잠깐 나와 이야기를 나눠주기도 해서 한 번도 지루한 적은 없었다.

회진이 끝나면 아빠와 나는 그림이나 조각을 감상하기 위해 갤러리 한두 군데를 방문했다. 나는 무엇이든 보는 걸 좋아했고, 그러면서 지금껏 살면서 써먹어 온 많은 것들을 배웠다. 다른 나라의 새로운 도시에 정착해 찾아간 미술관에서 오래전 아빠와 보았던 그림이나 작품을 다시 만나는 건 언제나 오랜 옛 친구를 만나는 느낌이었다.

예테보리는 비가 자주 오는 편인데, 일요일에 비가 오지 않으면 가끔 아빠와 나는 항구로 갔다. 아빠는 사진 찍기를 좋아하셨고 특히 부드러운 필터처럼 안개가 약간 끼어 있을 때 사진 찍는 걸 좋아하셨다. 나는 아빠가 찍은 항구 사진을 아직도 몇 장 간직하고 있다. 우리는 우리 집 살림을 해주시던 칼손 부인 몰래 빵 몇 덩이를 가방에 넣거나 부스러기라도 주머니에 담아오곤 했다. 칼손 부인은 우리 집 가정부였지만 실제로는 아줌마가 우리 집 대장이었던 것 같다. 심지어 아빠도 칼손 부인을 무서워했다. 아빠와 나는 칼손 부인이 가끔 우리 집 물품의 재고 목록을 너무 엄격하게 관리한다고 생각하기도 했다. 하지만 괜히 아줌마를 자극하고 싶지 않아 조심 또 조심할 뿐이었다.

빵을 꺼내면 갈매기들이 날아와 머리 위를 맴돌고 오

리들이 우리 쪽으로 헤엄쳐 왔다. 모든 오리가 빵을 먹을 수 있게 부스러기를 던지는 건 재밌는 일이었다. 빵 봉지가 텅 비면 아빠는 봉지에 숨을 불어 넣어 크게 부풀렸다가 재빨리 터트렸다. *빵!!!* 새들이 날개를 시끄럽게 파닥거리며 달아났다. 그것이 바로 일요일의 클라이맥스였다. 그러고 나서 집으로 가 점심을 먹었다.

아빠는 말하자면 '구닥다리' 의사셨다. 그래서 아기가 세상으로 나올 때 곁에 있어 주겠다고 임부와 약속을 했다면, 크리스마스 만찬을 먹다 급히 일어나야 한다고 해도 그 약속을 지키셨다. 한번은 정말로 크리스마스 저녁에 병원으로 날려가셨다가 송달새처럼 행복한 표정으로 금방 돌아오셨다.

내가 다섯째 아이를 임신 중이었을 때 부모님이 찾아오셨는데, 그때 우리는 예테보리에서 몇 킬로미터 떨어진 외곽에 살고 있었다. 남편은 집에 없었고 나는 임신 9개월 차였다. 아기는 다 자라 금방이라도 나올 수 있었으며, 내가 병원에 있는 동안 다른 네 아이를 봐주기로 한 유모도 이미 집에 와 있었다. 우리는 커피와 진저브레드 쿠키를 앞에 놓고 마주 앉아 이야기를 나누었다. 그런데 내 배를 유심히 보시던 아빠가 갑자기 이렇게 말씀하셨다. "곧 아기가 나오겠구나. 병원에 가야겠다." 병원에 일찍 가서 가만히 앉아 있거나 복도를 왔다 갔다 하며 기다리는 건 이제 너무 지겨워 나는 최대한 집에서 버티다 가고 싶었지만 그래도 어쨌든 부모님과 함께 병원에 갔다.

그 전에 유모에게 알려줘야 했다. 그녀에게 같이 있을 사람이 필요하면 남자 친구를 데리고 와 있어도 좋다고 했다. 나도 만난 적이 있었는데 나쁜 사람은 아닌 것 같았다. 그러자 그녀가 얼굴을 붉히며 말했다. "이미 와 있어요. 어젯밤에 제 방 창문으로 들어왔어요."

"좋아요." (열린 마음이 닫히지 않도록 노력하며) 내가 말했다. "이제부터는 현관으로 다니라고 해요. 며칠 동안 밥도 같이 먹으며 엄마 아빠 놀이도 하고. 좋은 시간이 될 거예요."

아빠는 분만실 앞까지 나를 따라왔지만 분만실에 함께 들어올 수는 없었다. 30분도 지나기 전에 아기가 나왔는데 태반이 깔끔하게 나오지 않아 의료진이 걱정을 하기 시작했다. 나도 불안해지기 시작했다. 의사가 오기 전에 뭘 먹고 왔는지 물어서 나는 진저브레드 쿠키를 먹고 왔다고 대답했다. 그리고 의사가 내 배를 누르기 시작했다. 그놈의 쿠키! 그 후로 나는 쿠키를 거의 먹지 않는다.

하지만 꼬마 공주님은 정말 예뻤으니 소화가 되다가 만 쿠키쯤이야 무슨 상관이람. 아기는 머리카락은 별로 없었지만 기쁜 표정이었고 작고 웃긴 소리를 냈다. 다음 날 그 기적을 구경하기 위해 할머니와 할아버지가 또 방

문하셨고 남편 라스가 미국에서 집으로 돌아오는 길에 보낸 텔레그램도 도착했다. 나는 행복했다.

행복에 대해 말이 나왔으니 말인데, 나는 행복이 무엇인지 안다. 행복은 젊은이들에게 둘러싸여 있는 것이다. 우리 아버지도 그 사실을 알고 계셨다. 나도 알고 있다. 그리고 만약 당신이 여든이 넘었다면 일흔여섯의 상대도 젊은이다. 그것 또한 행복이다.

물론 나이가 많든 적든 바보 같은 사람들은 있다. 그리고 젊은이들이 나이 든 사람들보다 언제나 더 멋지고 재밌고 소중하다고 말하는 것도 아니다. 젊은이들은 새로운 생각을 하지만 경험이 부족하고 내 나이의 사람들이 이미 겪고 극복해 온 문제와 걱정들을 안고 있다. 그러니 젊은이들을 곁에 두는 것은 어쩌면 젊었던 시절의 자신을 잊지 않고 다시 기억하는 방법인지도 모른다.

젊었을 때 나는 꿈이 컸다. 세계적으로 유명한 화가가 되고 싶었다. 인간의 열망과 영혼을 그리는 화가가 되어 최고의 갤러리들에서 전시회를 하고 싶었다. 아무것도 나를 막지 못할 거라고 생각했다.

지금 젊은이들이 자신의 꿈에 대해 이야기하는 걸 듣다 보면 젊은 시절의 내 모습이 생각나고, 동시에 나는 지금도 그때와 다르지 않은 사람이라는 사실을 떠올리게 된다.

어렸을 때 내가 꼭 해내고 싶었던 세 가지가 있었다. 트럼펫 연주와 탭 댄스, 그리고 손가락을 입에 넣고 엄청나게 큰 소리를 내는 휘파람 불기였다. 영어로는 '늑대 휘파람*wolf whistle*'과 비슷하다고 딸아이가 말해주었다. 명칭이 무엇이든 간에 제대로만 불면 모든 이들의 관심을 끌 수 있는 바로 그 휘파람 말이다.

왜 그 세 가지를 꼭 하고 싶었는지 이유는 모르겠다. 특별한 상황에서 유용하기 때문이기도 했겠지만 순전히 재미를 위해서이기도 했을 것이다.

언젠가 아주 우아한 여성분과 시내에 쇼핑을 하러 갔다. 쇼핑을 마치고 두 손 무겁게 집에 가려고 택시를 잡는데 나는 내 눈과 귀를 믿을 수 없었다. 그 우아한 여성이 손을 흔들어 택시를 잡는 게 아니라 아주 크고 요란한, 바로 그 휘파람을 불었다. 얼마나 멋있었는지! 그래서 나도 다시 그 휘파람을 연습했지만 헛수고였다. 이유는 모르겠다. 어쩌면 내 입술과 이와 혀의 구조가 그 휘파람에 적당하지 않은 건지도 모르겠고.

트럼펫을 불어도 시끄러운 소리를 낼 수 있겠지만 그것 때문에 트럼펫을 불고 싶은 건 아니었다. 나는 어렸을 때 루이 암스트롱, 버니 베리건, 해리 제임스 등의 트럼펫 연주를 정말 좋아했다. 그래서 한번은 친구에게 트럼펫을 빌려 소리를 내보려고 했다. 하지만 아무리 애를 써도 어떤 소리조차 낼 수 없어서 그냥 다시 돌려주었다. 그냥 듣는 게 훨씬 즐겁다고 중얼거리면서. 하지만 요즘도 트럼펫 소리를 한번 내보고 싶은 마음이 간혹 든다.

탭 댄스는 내가 태어난 1930년대의 유행이었다. 아빠는 탭 댄스도 출 수 있는 멋진 춤꾼이셨다. 어렸을 때 아빠한테 탭 댄스를 배우기도 했는데 나는 한 번도 제대로 하지 못했다. 탭 댄스는 그로부터 약 20년 후인 1950년대 스톡홀름에서 내가 췄던 지르박과는 분명 달랐다. 나도 지르박은 출 수 있었는데 아마 사랑하는 나의 파트너 라스가 나와 키가 비슷했기 때문이었는지도 모르겠다.

요즘은 유튜브에서 프레드 아스테어*Fred Astaire*와 진저 로저스*Ginger Rogers*의 탭 댄스를 즐겨 보는데 아직도 배우고 싶은 열망이 나에게 남아 있음을 느낀다.

나는 아직 포기하지 않았다. 여전히 희망이 있다고 생각한다. 언젠가 우리 집 발코니에서 휘파람을 불며 탭 댄스를 출 수도 있겠지. 하지만 트럼펫까지 동원해 이웃들을 괴롭히고 싶지는 않다.

이미 죽어서 이 세상을 떠나버린 게 아니라면 무엇이든 너무 늦은 때는 없다. 늦었다고 생각하는 바로 그 순간 죽기 시작하는 거다. 그러니 나는 멈추지 않고 하고 싶은 일을 다 해 볼 것이다. 어쩌면 뉴욕의 갤러리에서 전시회 개막식을 하게 될지도 모른다. 그럼 아버지가 얼마나 좋아하실까!

부록

데스클리닝에 대해

덧붙이고 싶은 말들

삶의 중요한
문제에 대해

사랑하는 사람에게
이야기를 꺼내는 방법

나이가 들면서 많은 이들이 부모님과 시간을 덜 보내게
되고 그러다 보면 데스클리닝에 대해 이야기할 시간을
내기가 쉽지 않다. 명절이 되면 많은 사람들이 먼 길을
달려 형제자매를, 무엇보다 부모님을 만나 뵈러 간다. 아
무리 멋진 분들이셨다고 한들 부모님은 점점 나이가 드
신다. 어쩌면 부모님은 당신들께만 소중한 물건들을 산
더미처럼 쌓아두고 행복해하시는 분들일지도 모른다.
그렇다면 결국 그 많은 물건늘은 누가 정리해야 할까?
　가족들이 모이는 명절은 따스하고 사랑스럽지만 대부

분의 사람들이 그 기간 동안 필요한 것보다 훨씬 많은 소비를 하게 된다. 선물과 음식, 달콤한 디저트가 끝이 없다. 어쩌면 그렇게 명절을 보낸 직후가 우리가 얼마나 많이 소비하는지, 혹은 얼마나 많은 물건을 갖고 있는지 이야기하기 좋은 때일 것이다. 분위기가 어두워질 수 있으니 크리스마스이브 당일이나 아주 오랜만에 고향을 찾아간 첫날은 피하는 것이 좋다. 하지만 내 경험상 사람들은 명절 기간 내내 신체적으로, 재정적으로 몹시 힘들어한다. 이는 모두가 공감하고 이야기해 볼 수 있는 부분이다. 그러니 어느 명절이 되었건 모여 앉아 다음 명절에 대해 이야기를 나눠보아라. 생일이나 결혼, 입양, 장례식이 될 수도 있다. 언제가 됐든 중요한 것은 이야기를 나누는 것이다.

이는 미래의 자신을 돕고 부모님도 진정으로 행복하게 해드리는 길이다. 그 많은 살림을 어떻게 하고 싶으신지 부모님과 이야기를 나누어라.

데스클리닝에 대한 책을 쓴 덕분에 나는 아이들과 죽음에 대해 건설적인 방향으로 이야기를 나눌 수 있었다.

나는 최대한 가볍고 유쾌하게 접근하려고 노력했다. 어려운 문제는 함께 이야기를 나누거나 관련 자료를 읽을 때 항상 더 쉽게 해결할 수 있다. 죽음은 어려운 주제이므로 그럴수록 그에 대해 더 많이 이야기해야 한다.

죽음은 가장 골치 아픈 주제다. 충분히 그럴 만하다. 하지만 데스클리닝은 그럴 필요가 없다. 데스클리닝에 대한 대화 자체가 죽음이라는 어렵고 두려운 주제에 대한 현실적이고 유용한 접근이 될 것이다. 지금 중년인 사람이든, 부모의 죽음이 임박한 사람이든, 어쩌면 자신의 죽음을 기다리는 사람이든 죽음을 준비하기에 지금보다 더 나은 때는 없다. 우리는 무엇에 대해서든 계획을 세운다! 그런데 왜 죽음에 대해서는 그렇지 않은가?

데스클리닝은 나이 든 이들만을 위한 것이 아니다. 마흔 정도의 젊은이들도 충분히 데스클리닝을 시작할 수 있다. 자신의 삶을 정기적으로 돌본다면 나이가 들어 힘든 일을 해결할 에너지가 부족할 때 정리해야 할 것들이 많이 남아 있지 않을 것이다.

이미 데스클리닝을 시작했다면 용감한 당신에게 경의를 표한다! 데스클리닝은 뒤에 올 사람들의 수고를 덜어

주고 당신의 삶도 더 단순하게 해주지만, 하다 보면 데스클리닝을 위한 시간 자체가 좋았다는 사실을 깨닫게 될 것이다. 간직하고 있던 물건들이 들려주는 추억을 더듬고 내 삶의 씨실과 날실이 어떻게 엮여왔는지도 살펴보면서 멋진 시간을 보낼 수도 있다.

내가 어렸을 때는 부모님은 물론 어른들에게 속마음을 털어놓는 것이 버릇없는 일로 여겨졌다. 하지만 고맙게도 요즘은 예의바름보다 솔직함을 더 중시한다. 그 두 가지를 조합해 데스클리닝에 대한 대화를 나누다 보면 서로 다른 세대가 각자 중시하는 것이 무엇인지 공유할 수 있을 것이다.

사람들은 종종 데스클리닝에 대해 어떻게 말을 꺼내야 할지 내게 묻는다. 부모님은 나이가 들어가시는데 어떻게 이야기를 시작해야 할지 모르겠다면 부모님을 찾아가 다음과 같은 질문을 해보자.

"멋진 물건들이 정말 많은데 그것들을 나중에 어떻게 할지 생각해 보셨어요?"

"살림을 전부 보관하는 편이 좋으세요?"

"오랫동안 모아두신 이 물건들을 조금 정리하면 삶이 더 쉬워지고 덜 피곤해지지 않을까요?"

"나중에 조금 수월하도록 이 많은 살림을 지금부터 조금씩 같이 정리해 보면 어떨까요?"

나이 든 사람들은 쉽게 넘어질 수 있다. 바닥에 쌓인 책더미나 카펫, 집 안 여기저기 놓여 있는 이상한 물건들은 안전에 심각한 위협이 될 수 있다. 그런 이야기로 대화를 시작하는 것도 좋은 방법이다. 이 카펫이 꼭 여기 있어야 하는지, 혹시 위험하진 않은지 여쭈어 보아라.

최대한 부드럽고 세심하게 대화를 시작하기 위해 '요령'이 필요하다. 처음 데스클리닝에 대한 이야기를 꺼낼 때는 부모님이 이를 회피하거나 말을 돌리려고 하실지도 모른다. 그렇게 대화가 끊기면 우선 부모님께 생각할 시간을 드리고 몇 주나 몇 달 후 살짝 다른 각도에서 다시 물어라.

부모님 살림 중 갖고 싶은 게 있다면 혹시 미리 주실 수 있는지 전화로 물을 수도 있다. 편한 마음으로 그렇게 미리 정리하다 보면 결국 부모님도 데스클리닝의 유익함과 즐거움을 느끼게 될지도 모른다. 혹시 내가 너무

'예의 없어' 보일까 봐, 혹은 부모님이 너무 놀라실까 두려워 감히 데스클리닝 이야기를 꺼내기도 힘들 것 같다면 나중에 그 모든 살림을 떠맡을 준비를 미리 하는 게 나을 것이다!

다음 해 명절(혹은 그다음 해 명절), 부모님이 세상을 떠난 후 작년에 부모님께 드렸던 선물을 발견하게 될 수도 있다. 부모님은 선물을 고맙게 받으셨고 고이 간직하셨다. 그리고 살림이 많다는 당신과의 대화를 소중히 여기고 데스클리닝을 시작하셨다. 평생 당신을 도와주신 분들이 다시 한번 자식들을 도와주신 것이다. 다락방은 깔끔하고 지하실과 창고도 텅 비었다. 대부분의 살림을 필요한 이들에게 기부했고 당신이 물려받고 싶어 했던 몇 가지는 보관하셨다가 작은 쪽지와 함께 물려주셨다. 사랑스러운 부모님이셨다. 그들이 더 이상 이 세상에 안 계신다는 사실은 슬프지만 부모님의 물건은 그립지 않다. 부모님과의 기억은 소중하지만 그들의 잡동사니는 간직하고 싶지 않다.

세상은 늘
망하기 직전 같지만

　　그래도 봄맞이 대청소는
　　꼬박꼬박 돌아온다

봄이 다가오면 모든 게 사랑스러워진다. 특히 사계절이 있는 나라에 사는 우리 같은 사람들에게는 봄이 마치 몇 년 만에 돌아오는 것처럼 느껴진다.

　새들이 재잘거린다. 그러다 곧 멋지게 노래하기 시작할 것이다. 이른 봄의 노랑너도바람꽃과 갈란투스가 꽃망울을 터트리고 나무의 꽃봉오리도 무럭무럭 자랄 것이다.

　그러나 갑자기 햇살이 더 강해지는 것 같고 마침 창문도 내가 원하는 만큼 깨끗해 보이지 않는 때가 찾아온다.

특히 백내장 수술 후에는 창문의 얼룩이 거울로 내 주름을 봤을 때만큼 충격적이었다. 그런 창문 얼룩에 강한 햇살이 닿으면 그때가 바로 봄맞이 대청소를 해야 할 때다! 와우!

데스클리닝에 대해 들어보았는가? 어쩌면 벌써 시작했거나? 그렇다면 청소를 하고 먼지를 닦아야 할 물건들이 이미 줄었으니 절반 이상은 다 한 것이다.

어쨌든 나는 '봄맞이 대청소'라는 말 자체에 긍정적인 기운이 담겨 있다고 생각한다. 끝내고 났을 때의 멋진 기분을 기억하기 때문이기도 할 것이다. 봄이 왔고 창문은 윤이 나고 햇살 가득한 바깥세상은 밝고 따뜻하다.

그러니 시작해 보자.

창문부터 시작한다. 창문이 깨끗하면 신경 쓰지 않았던 집안 내부의 지저분한 부분도 더 쉽게 볼 수 있다.

다음으로 옷과 커튼 같은 직물, 작은 카펫 등을 청소한다. 환기를 시키고 세탁을 하고 드라이클리닝이 필요한 것은 맡긴다. 바깥에서 빨래를 말릴 수 있다면 신선한 향기가 날 것이다. 그러는 동안 겨우내 한 번도 사용하지 않았던 것들을 발견하고 처분할 수도 있고. 그러면 내년의 봄맞이 대청소는 훨씬 쉬워질 것이다!

모든 가구와 책장 표면의 먼지를 털고 닦는다.

소파와 쿠션의 먼지를 진공청소기로 빨아들인다.

바닥을 진공청소하고 물걸레로 닦는다.

거실이 크다면 전부 청소하는 데 하루 이상이 걸릴 수도 있겠지만 방 두 개짜리 아파트에 사는 요즘 나는 금방 대청소를 끝내고 여유 있게 앉아 차나 커피를 마시며 뿌듯해한다. 마지막으로 예쁜 꽃다발을 사 오며 이렇게 외칠 것이다.

"봄아, 어서 오렴!"

데스클리닝에 대한
새로운 발견과

데스클리닝 초보자들의
질문에 대한 답 *

누구나 내일 죽을 수 있다. 우리 모두 그렇다. 그런데 자
기 물건을 정리하는데 게을러서 굳이 다른 사람들을 괴
롭혀야 할까?

사진

사진이 너무 많으면 찍은 걸 후회하는 사진부터 정리
를 시작하라. 사진 속 사람들을 더 이상 좋아하지 않거나
내가 잘 안 나왔거나 손가락이 렌즈를 가리고 있는 사진
도 마찬가지다. 그런 다음 중복된 사진을 정리한다. 결혼

식이나 파티, 졸업식에서 서른네 장을 찍었다면 세 장 정도만 간직하고 나머지는 주인공에게 보내거나 직접 전해주어라. 그들의 하루가 빛날 것이다. 당신이 사랑하는 이들도 보고 즐거워할 사진만 간직하면 된다.

부엌 찬장

유통 기한이 지난 음식은 버려야 하지만 이는 안타까운 낭비다. 식료품을 쇼핑할 때 이렇게 생각하자. '내가 이 콩을 먹을까? 이 단단한 두부는? 결국 버리게 되려나?'

책

나는 내가 가장 좋아하는 책들을 아직도 책장에 간직하고 있다. 잊고 있던 책을 다시 읽고 마음에 드는 책을 새롭게 발견하기도 하지만 다른 책들은 자선 단체에 기부하거나 헌책방에 팔거나 도서관, 학교, 책 읽기 좋아하는 젊은 사람들에게 나눠줄 것이다.

부피가 큰 가구

여기까지 했다면 이제 다락이나 창고에 무엇이 있는

지 그리고 무엇을 처분하고 무엇을 간직할지 생각할 여유가 생길 텐데 가구도 잊어서는 안 된다. 종이와 펜, 포스트잇을 들고 가구로 가라. 처음에는 하루에 30분이면 적당할 것이다. 그러다 나중에는 하루에 한 시간. 무엇이든 해내고 나면 맛있는 커피나 케이크, 따뜻한 샤워나 목욕 등의 보상도 잊지 말라. 데스클리닝을 세 시간이나 했다면 시원한 맥주가 제격이다.

메모하기

물건들을 정리할 때 노트와 펜을 챙겨라. 하나하나 살피다 보면 쓸만한 아이디어들이 떠오른다. 수채 물감은 숙모나 아들이 좋아할 것이다. 쌍안경은 눈이 거의 안 보이지만 아직도 극장에 가길 좋아하는 구스타브 삼촌에게 맞춤일 것이다. 집 안 구석구석에서 나중에 줄 수 있는 선물들을 발견하다 보면 마치 크리스마스 전날 밤 같은 기분이 들지도 모른다. 하지만 적어두지 않으면 그 좋은 생각들도 금방 잊어버린다. 물건을 받을 사람의 이름과 왜 이 물건이 누군가에게 완벽한 선물이 될 것 같은지 포스트잇에 적어놓아라.

70년대 화장품

더 이상 필요 없는 물건을 처분할 때 쓰레기봉투에 한꺼번에 넣어버리는 것은 좋은 생각이 아니다. 옆에 있는 쓰레기통에 던져넣는 그 방법이 가장 쉽겠지만 이왕이면 기분 좋게 버릴 수 있는 방법을 찾아보아라. 주민 센터에 연락해 물건들을 어떻게 처분하면 좋을지 물어라. 재활용 센터가 있는가? 남은 페인트나 깨진 유리, 굳어버린 반짝이 아이섀도, 백 년쯤 된 것 같은 샴푸 등 위험하거나 환경에 안 좋거나 누군가 다칠 수 있는 쓰레기를 모아서 버릴 장소가 있는가?

약

먹던 약은 약국으로 가져가라. 유통 기한이 지났다면 특히 더.

개인 서류

오래된 편지나 엽서를 읽으며 옛 친구들을 다시 만날 좋은 기회다. 추억을 즐겼다면 편지와 엽서를 문서 파쇄기에 넣어라. 그리고 그 경쾌한 소리를 감상하라. 파쇄기가 없다면 가위도 괜찮고 아니면 거실을 돌아다니며 손으로 찢는 것도 운동 겸 좋다. 그렇게 움직이다 보면 먼지만 쌓이도록 간직하지 않아도 편지에 담겼던 감정이나 내용이 더 잘 기억날 것이다.

감성적인 물건

많은 사람이 공간이 부족해 물건을 정리하고 싶어 하지만 그 물건에 깃든 추억 때문에 쉽게 처분하지 못한다. 하지만 정리해야 할 때가 있는 법이다. 추억이 담긴 소중한 물건을 정리해야 한다면 사진을 찍고 물건은 버려라. 버리기 전에 물건에게 마지막 인사를 전하는 것도 좋다. 거창한 의식일 필요는 없다. 그냥 간단하게 그동안 고마웠다고 말하면 된다.

시간을 들여 데스클리닝의 모든 과정을 끝내고 나면 앞으로 몇 년 동안 새로운 공간에서 새로운 방식으로 행복하게 살 수 있을 것이다. 데스클리닝은 결국 죽음이 아니라 정리정돈에 관한 문제다.

요즘은 처음 책을 쓸 때 데스클리닝을 그렇게 완벽하

게 하지 말 걸 그랬다는 생각도 든다. 데스클리닝 할 것이 조금은 남아 있도록 말이다.

하지만 덕분에 가만히 앉아서 오만 가지 생각을 할 수 있어서 좋다. 이제 무슨 일이 일어날까? 인류는 굶주리게 될까? 또 전쟁이 일어날까? 경기는 더 악화될까? 그러자 딸아이가 말했다.

"엄마, 한 번에 한 가지만 생각해요."

아들은 말한다.

"후회하지 마시고 걱정도 하지 마세요."

데스클리닝을 마치면 사랑하는 사람들이 내 찬장과 옷장을 정리하다가 지치는 대신 내가 남긴 멋진 선물 몇 가지를 받고 공원에서 여유로운 저녁을 보낼 것이다.

그러니 지금 시작하자. MM.

2020년 4월

* 이 글은 psychologytoday.com에 게재된 글을 각색한 것이다.

감사의 말

이 책을 세상에 내놓을 수 있도록 도와준 모든 이들에게 다정한 감사의 말을 전한다. 수산나 레아, 난 그레이엄, 카라 왓슨, 그리고 애브 보니어!

책을 쓰는 내내 나를 응원해 주고 넘치는 아이디어를 나눠준 스테판 모리슨에게 특별한 감사를 전한다. 그리고 이제는 예순이 넘은 이도 있지만, 어쨌든 내 삶에 깊이를 더해주고 즐거움을 선사해 준 내 '아이들'에게 감사하며 제인과 라스에게는 바로 옆집에 살아줘서 고맙다고 전하고 싶다.

초콜릿을 참기에는
충분히 오래 살았어

1판 1쇄 인쇄 2024년 7월 26일
1판 1쇄 발행 2024년 8월 7일

글·그림 마르가레타 망누손
옮김 임현경

발행인 양원석 **편집장** 차선화 **책임편집** 김재연
디자인 최승원, 김미선 **영업마케팅** 윤우성, 박소정, 이현주, 정다은, 유민경
해외저작권 임이안

펴낸 곳 ㈜알에이치코리아
주소 서울시 금천구 가산디지털2로 53, 20층 (가산동, 한라시그마밸리)
편집문의 02-6443-8863   **도서문의** 02-6443-8800
홈페이지 http://rhk.co.kr
등록 2004년 1월 15일 제2-3726호

ISBN 978-89-255-7473-8 (03850)